Gerhard Roos

GEHEILTE FLÜGEL

Die wundersame Wirkung eines Oldtimers

roos-gerhard-autor.de

Impressum

© 2023 Gerhard Roos
Herstellung und Verlag:
BoD – Books on Demand, Norderstedt

ISBN: 978-3-7578-8782-7

Inhalt

Alle Handlungen und Personen sind frei ersonnen.
Ähnlichkeiten mit Lebenden oder Verstorbenen sind
zufällig und ungewollt.

Die Aufenthaltsentscheidung

Eigentlich hatte Markus noch einige Kilometer weiter fahren wollen. Unter Mithilfe eines ganz neuen Campingplatz-Führers hatte er sich vor Antritt seiner Fahrradtour einen großen Campingplatz direkt vor dem Nordseedeich herausgepickt, der ihm als Zielort dieser recht langen Etappe sinnvoll erschienen war. Doch einige Umstände hatten ihn nun zu diesem kleinen, geradezu unscheinbaren Campinggelände geführt.

Erstens hatte sich über der Bucht eine dicke Wolkenwand entwickelt, die bedrohlich nach Gewitter aussah. Zweitens war dieser Tag durch die in jener Nordseenähe ungewohnte Schwüle außerordentlich anstrengend und ermüdend verlaufen. Drittens hatte er vom Radweg der nahe vorbei führenden Straße aus gesehen, dass dieses Plätzchen eine hübsche Wiese für Zeltcamper bereit hielt, auf der noch nicht sehr viel los war. Und offensichtlich wurde auf diese sogar hier und dort das eine oder andere kleinere Wohnmobil gewiesen. Eine originelle Mischung.

Inzwischen wusste er, das waren Durchreisende, die gerne für einige Tage bleiben wollten. Angesichts der nahen Möglichkeit, auf einem ordentlichen Weg über den Deich und an den Strand zu gelangen, ein durchaus verständlicher Gedanke. Auch er dachte darüber nach, doch vielleicht mehrere Nächte hier zuzubringen. Also hatte er sein kleines stangenfreies Leichtzelt ordnungsgemäß fixiert, die zum Leben notwendigen Gegenstände aus den festen

Satteltaschen seines Fahrrades hinein geschafft und dann seinen treuen Drahtesel im platzeigenen Unterstand, einer alten Wagenremise, in einen der freien Fahrradständer geschoben und mit seinem soliden Bügelschloss an diesem gesichert.

Wie erwartet wurde es eine recht unruhige Nacht. Schon vor Mitternacht begann es kräftig zu regnen, begleitet von zuckenden Blitzen und in einigem Zeitabstand dröhnenden Donnerschlägen. Soweit Markus das hören konnte, war das Zentrum des Gewitters draußen über der Bucht geblieben, aber die Wassermassen, die vom Himmel kamen, waren schon recht gewaltig. Obwohl sein Zelt innen trocken blieb, war dessen Schaukeln im Wind und die merkliche Abkühlung durch den Regen irgendwie unbehaglich. Schließlich ließ aber der Regen nach und hörte dann gänzlich auf. Bald darauf war Markus eingeschlafen, müde genug dazu war er ja.

Am nächsten Morgen weckten ihn die schrillen Schreie verschiedener Vögel, die über dem salzigen Deichvorland ihre Flugkünste übten. Die Wolken waren alle weg. Noch hing ein Dunstschleier über den Wiesen und Bäumen im Umfeld des kleinen Campingareals, aber trotz der Frühe hatte die Sonne bereits eine bemerkenswerte Kraft. Es war sicher, das würde erneut ein ziemlich heißer, wegen der Bodenfeuchte auch wieder schwüler Tag.

Er kroch aus seinem Zeltchen, stapfte barfuß durch das noch nasse Gras zum Waschhaus, sorgte für eine ordentliche Morgentoilette und kam mit dem gefüllten Wasserkesselchen zurück. Auf seinem kleinen Gaskocher war die kleine Wassermenge hurtig heiß. Er brühte wie täglich seinen Morgenkaffe, machte sich sein schlichtes Frühstück und räumte dann seine bescheidene Ausrüstung ordentlich ins trockene Zeltinnere.

Sein Entschluss stand nun fest, hier würde er ein paar Tage bleiben, bei Flut das Meer genießen und mit Sorgfalt und seinem Fahrrad das Hinterland erkunden. Vielleicht gab ihm das Gelegenheit, nunmehr endlich die bei ihm aktuell anstehende Grundsatzentscheidung über seine Zukunft so gründlich zu durchdenken, dass er schließlich zu einer sinnvollen Problemlösung kommen könnte. Ganz einfach war die Sache nicht, ganz im Gegenteil.

Der Gezeitenkalender neben der Tür des Waschhauses hatte ihm verraten, dass kurz vor Acht der Höchststand der Flut erreicht worden war, also machte er sich in Badehose und Shirt auf den Weg über den Deich und zum Wasser. Für seine Wertsachen hatten seine Fahrradtaschen auf beiden Innenseiten zum Hinterrad hin raffinierte Geheimfächer. Im Zeltchen hatte er die nur dann bei sich, wenn er das Fahrrad nicht ordentlich sichern konnte.

Als er nach ausgiebigem Genuss des Meerwassers geduscht und sich die leichte Radfahrkleidung angezogen hatte, holte er sein Fahrrad und machte sich auf den Weg ins Hinterland. Bereits im vierten Dörfchen fand sich ein Imbiss mit recht erstaunlich vielseitigem Angebot und hübschen Sitzgruppen unter gelben Sonnenschirmen. Also gab es nun erst einmal eine gute Mittagsmahlzeit.

Auf dem Tisch lagen Faltprospekte, die über Sehenswürdigkeiten der Dörfer dieser Gemeinde informierten. Im Abarbeiten dieser Informationsfülle verging der gesamte Nachmittag, so kehrte er danach zufrieden zum Campingplatz zurück. Er setzte sich dann zu seiner mitgebrachten Abendmahlzeit auf die Bank am Holztisch unter dem großen Baum neben der Zeltwiese und schrieb anschließend, ganz konservativ und analog wie bisher täglich, einen Kurzbericht über diesen Tag in sein kleines Tagebuch.

Neue Nachbarschaft

Plötzlich tuckerte fast mit Standgas ein recht betagtes Reisemobil den Weg zur Zeltwiese entlang. Dieser leicht röhrende Motorklang war ihm vertraut! Fiat Saugdiesel, 75 PS. Der Mensch am Steuer war routiniert, denn gekonnt landete das recht kurze Mobil haargenau neben dem Fußweg zum Waschhaus und mit der Eingangstür gut zwei Meter direkt neben seinem Zelt.

Als sich die Tür öffnete und die Eintrittsstufe herausgezogen wurde, zeigte sich, die sichtlich allein reisende Person war unverkennbar weiblich. Obwohl gar nicht unansehnlich, interessierte sie ihn erheblich weniger als das alte Hymermobil. Er hatte das Modell direkt erkannt, es war ein „534". Und er sah sofort, dass es spätestens im Jahr nach seiner Geburt, also 1987, gefertigt worden war, denn es hatte noch das Design der schmalen umlaufenden braunen Streifen. Außerdem fast druckfrische H-Kennzeichen.

Der Wagen war nicht nur verblüffend gepflegt, er war zudem auch mit einigen sichtbaren Modernisierungen sinnreich weiter entwickelt worden. So zeigte eine typische Revisionsklappe auf der Fahrerseite, dass eine Thetford-Kassettentoilette nachgerüstet worden war. Ein kleines schwarzes zweiäugiges Kästchen oben an der Rückwand bewies, hier gab es eine Doppel-Rückfahrkamera, deren Bildschirmchen bei Vorwärtsfahrt als Rückspiegel arbeitete. Auf dem Dach war sogar ein Solarpaneel zu erkennen.

Auch eine Markise fehlte nicht. Auf dem Fahrradträger über der typischen Heckstaukastenklappe war ein quietschgelbes Fahrrad verankert, mit großem Drahtkorb am Lenker. Irgendwann einmal hatten da zwei Räder gesessen, eine zweite V-Schiene und die Befestigungsbügel waren noch da. Hier waren wissende Wohnmobilisten am Werk gewesen.

Dass Markus das alles beurteilen konnte, hatte einen schlichten Grund. Wenige Tage nach seinem ersten Geburtstag hatten seine Eltern eben dieses Modell fabrikneu erworben und einige Jahre im Gebrauch, bis für ihn und seine beiden älteren Brüder sowohl das Hubbett als auch die Sitzgruppe zum Schlafen doch etwas zu eng geworden waren. Danach gab es dann ein etwas größeres Hymermobil „640 B" mit ausreichendem Schlafplatz für die ganze Familie.

Inzwischen hatten seine Eltern seit einigen Jahren wieder ein kleines Hymercar; eines, das für zwei Nutzer ausgelegt und mit modernstem Komfort ausgestattet war. Er selbst hatte in den vergangenen Jahren vorgezogen, Urlaub im Hotel zu erleben, möglichst komfortabel und ohne eigene Initiative. In diesem Sommer war das nun alles ganz anders. Seine Denkpause hatte ihn wieder ins Campingwesen gebracht und ihn sogar bewogen, auf jeglichen Luxus zu verzichten.

Inzwischen war nun sein heftiges Interesse für das betagte Reisemobil befriedigt. So beobachtete er von seinem

Schattenplatz aus, wie seine neue Nachbarin durchaus routiniert den Stromanschluss hergestellt, die Markise ausgefahren, einen kleinen Campingtisch und zwei Stühle aufgeklappt und dann mit einigen notwendigen Dingen eine Abendmahlzeit gerichtet hatte. Sie mochte knapp unter dreißig Jahre alt sein, war nicht übermäßig groß gewachsen, hatte eine Hautfarbe, die auf viel Zeit an der frischen Luft schließen ließ, relativ kurze pechschwarze Haare, nussbraune Augen und insgesamt eine durchaus angenehme Ausstrahlung, zumindest über die momentane Entfernung hin.

Markus hatte seinen Tagebucheintrag fertig und ging nun zu seinem Zelt. Freundlich grüßte er die neue Nachbarin und wollte nun erst einmal in sein Zelt schlüpfen, um es so zu richten, dass er zur Abendhochflut noch einmal schwimmen gehen könnte. Aber die junge Frau grüßte nicht nur zurück sondern lud ihn auch ein, sich eben kurz zu ihr an ihren Tisch zu setzen, sie habe einige Fragen. „Erste Frage: Wie wäre es mit einem Früchtetee?" „Oh ja, gerne." Verwundert stellte er fest, da stand schon eine zweite Teetasse, und Tee genug gab es aus einer großen Thermoskanne von Tupper. „Zweite Frage: Ist es recht, wenn wir als Campingnachbarn uns duzen. Mein Name jedenfalls ist Lena." „Ja, auch gerne. Ich heiße Markus." „Dritte Frage: Kann man hier im Meer baden, und wenn ja, wann?" „Hast du am Eingang das Schild ‚ZUM STRANDBAD' nicht gesehen? Bei Flut ist da draußen Einiges los. Und es macht richtig Spaß. Das Abendhochwasser ist heute um viertel nach Acht. Ich gehe

11

da sowieso noch einmal schwimmen. Wenn du noch möchtest, geh einfach mit."

Lena nickte zustimmend. „Und schließlich bin ich neugierig genug, um zu fragen, ob du zu Fuß oder mit dem Fahrrad unterwegs bist. Dein Zelt ist ja wohl federleicht." Markus schmunzelte. „Zum Wandern bin ich dann doch ein bisschen zu faul. Aber mit dem Rad kann ich sowohl von Standort zu Standort reisen als auch mit Tagesausflügen die jeweilige Region erkunden. Deshalb bleibe ich jeweils gern einige Tage. Zeit habe ich augenblicklich zum Glück genügend." „Witzig, ich mache das mit meinem Fahrrad ganz genau so. Wenn du möchtest, können wir morgen ja zusammen die Gegend erkunden." „Ja, warum nicht, ein bisschen Gesellschaft kann ja niemandem schaden." Lachend hatten sie also ihre beiden Verabredungen getroffen. Nach belanglosem Geplauder über dies und das wurde es dann Zeit, sich zum Baden zu richten.

Der Wettersturz

Um diese Zeit war am Strand erheblich weniger los als am Morgen. Lena erwies sich als ebenso ausgezeichnete wie auch auf Sicherheit im Meer bedachte Schwimmerin. In einem spontanen Wettschwimmen bewiesen beide, dass sie durchaus darin ebenbürtig waren. Um sich in den nassen Badeklamotten ordentlich bewegen zu müssen, hatte Lena zwei Federballschläger und einige -bälle mitgenommen. Auch dieser Wettstreit machte beiden Nachbarn ordentlich Spaß. Plötzlich aber war die eben noch so warme Abendsonne verschwunden, und es wurde zunehmend windig. Über dem Meer baute sich in großer Geschwindigkeit eine dunkle Wolkenmauer auf. Und im Handumdrehen wurde aus dem starken Wind ein regelrechter Sturm. Alle Badegäste eilten vom Strand zurück zum Deich, flott über diesen hinüber und zu ihren Fahrzeugen oder zum Campingplatz.

Als Lena und Markus die Zeltwiese und den alten Hymer erreichten, war es schon allerhöchste Zeit, die Markise einzukurbeln und die kleinen Campingmöbel zu verstauen. Markus kümmerte sich um die Markise, Lena packte die Möbelchen, auch die Kurbel, in den Heckstaukasten. Und dann brach plötzlich der Sturm orkanartig los. Für diese Naturgewalt war selbst die sorgfältige Verankerung, mit der Markus sein Zelt gesichert hatte, zu schwach. Mit einem Ruck riss sich die ganze kleine Kuppel vom Boden und wurde - zum Glück - gegen die Seitenwand des alten Hymer geworfen. Lena konnte das Ganze so festhalten, dass Markus seine wenigen Sachen in seinen Schlafsack packen und diesen neben dem Hinterrad des Mobils einigermaßen flugsicher deponieren konnte. Lena hatte inzwischen fachmännisch die Häringe aus den Schlaufen und die Verschlussstöpsel aus dem aufblasbaren Zeltgerippe gezogen. So konnten sie das kleine Zelt mit vereinten Kräften ruck-zuck zusammenfalten und im Stülpbeutel verpacken.

„Jetzt nimm deinen Schlafsack und komm erst mal mit in mein Häuschen. Gleich fängt es an zu schütten!" Und genau so kam es. Der Orkan mäßigte sich zwar kurz ein wenig, immerhin konnten beide dadurch die Tür öffnen, einsteigen und die Tür wieder schließen, dann aber ging es richtig los. Von schräg vorne prasselten die Wassermassen auf den alten Wagen, und der Sturm brachte das ganze Fahrzeug zum Schaukeln. „Ist deine Badehose auch vom Wind so trocken wie mein Bikini?" Lena griff sich von der Beifahrersitzlehne ihre Jeansshorts und das Shirt, das sie beim Abendessen angehabt hatte. „Ja, ich hole mir mein Zeug aus dem Schlafsack und kleide mich auch ein bisschen salonfähig." Beide lachten, während sie nun ihre Shorts und Shirts überzogen. Lena hatte das kleine Zeltpaket auf eben diesen Beifahrersitz gelegt, und Markus räumte alle seine Sachen, die er in den Schlafsack gepackt hatte, sorgfältig dazu. Gut, dass er den Kocher am Morgen nach dem Gebrauch wieder ordentlich mitsamt der Gaskartusche sauber in seine Box verpackt und sein Wasserkesselchen ganz entleert hatte. So hatte nichts Schaden gelitten und der Schlafsack war trocken geblieben.

14

„Komm, setz dich jetzt erst mal hinten in die Sitzgruppe. Ich komme gleich dazu." Dann holte Lena zwei Gläser aus dem Küchenoberschrank und, Überraschung, aus dem Kühlschrank zwei Flaschen alkoholfreies Bier. „Das sind die beiden letzten, und die gönnen wir uns jetzt auf den Schreck." Sie setzte sich Markus gegenüber, öffnete die Flaschen, goss beiden ein und prostete ihm dann zu: „Auf unsere Eine-Nacht-WG. Denn da draußen in dem Inferno wirst du dein Flugobjekt heute Abend nicht mehr aufgebaut kriegen. Wir bauen für dich die Sitzgruppe zur Liegefläche, ich habe ohnehin mein Bett vorne unter dem Dach hängen. Wenn ich das herunter hole, ist das saubequem." „Ich weiß. Als Kind habe ich acht Jahre lang im Urlaub meiner Eltern und an zahlreichen Wochenenden mit meinen beiden Brüdern auf dem Hubbett unseres ‚534‘ Baujahr 1987 geschlafen. Unsere Eltern hatten das Sitzgruppenbett hier hinten." „Das ist ja witzig, das gleiche Modell? Und sogar dasselbe Baujahr. So häufig gab es die doch gar nicht."

„Nur war halt Manches noch nicht so modern wie bei deinem fachmännisch fortentwickelten Mobil. Wir hatten im Toilettenraum noch die Porta Potti in der Ecke, keine Markise, keine Rückfahrkamera und erst recht kein Solarpanel. Nur einen Fahrradträger hatten wir für Mutters goldfarbenes Einkaufsfahrrad. Die gemeinsamen Familienausflüge vom Platz aus bestanden aus mächtig vielen Fußmärschen. Vater ist Gesundheitsfanatiker." „Mein Mobil gehört mir erst seit drei Wochen. Meine Großeltern haben es mir geschenkt. Die hatten es einst neu gekauft. Sie mögen beide aus Altersgründen nicht mehr fahren und wollten, dass es in der Familie bleibt. Meine Brüder wollten es nicht haben, die haben entweder ein eigenes Reisemobil oder gar keinen Spaß am Campen, je nach Ehepartnerin." „Für nur drei Wochen kannst du aber ganz gut mit dem Oldtimer umgehen." „Klar, ich war früher oft mit meinen Großeltern los. Und große alte Autos habe ich in der Steppe täglich bewegt."

Lange saßen sie noch und erlebten, dass schließlich der Regen erheblich sanfter wurde und der Sturm so schnell wieder abflaute, wie er aufgekommen war. Als es dann langsam dunkel wurde, richtete sich jeder sein „Schlafgemach". Erneute Überraschung für Markus: an jedem Fenster des Wohnraumes war eine Doppelrollo-Kassette nachgerüstet worden. Und sogar der alte Trennvorhang für den Heckschlafbereich war noch da, staubfrei und gepflegt. Markus bekam allmählich erheblichen Respekt vor Lenas Großeltern. Die schickte zuerst ihn in das kleine Toilettenräumchen, um sich zum Schlafen zu richten. Dann war sie selbst dort einige Zeit verschwunden. Als sie wieder hervor kam, schlief Markus offenbar schon fest. Ruhige Atemzüge waren der Beweis. Vergnügt kroch sie in ihr Bett, zog auch dort den Trennvorhang zu und war im Handumdrehen ebenfalls eingeschlafen.

WG auf Rädern

Obwohl sich bis zum nächsten Morgen die Sonne wieder tüchtig durchgesetzt hatte, waren beide sichtlich nicht besonders erpicht auf ein Bad im Meer. Eher stand ihnen der Sinn auf ausgiebiges Duschen im Campingwaschhaus. Als sie dann frisch, wohlduftend und munter im Mobil alles aufgeräumt hatten, konnten sie sogar Tisch und Stühle wieder vor die Tür stellen. Lena fuhr ein verblüffend üppiges Frühstück auf. Als Markus meinte, „Das musst du doch nicht. Ich bin doch Bescheideneres gewohnt.", lachte sie nur. „Es macht mir doch richtig Spaß, dass ich hier nicht alleine sitzen muss. Und auch nur für mich bin ich sowieso ziemlich unbescheiden. Mit dem fahrbaren Haus geht das ja problemlos. Ach, übrigens problemlos. Unsere Kurz-WG in meinem Wagen hat doch ohne Reibereien und mit gegenseitiger Rücksicht hervorragend geklappt. Was hältst du davon, wenn wir ab sofort so lange, bis der erste wieder ins Geschirr muss, gemeinsam im Hymer reisen und wohnen, unsere Räder hinten Huckepack nehmen, jeweils vor Ort mit ihnen herumfahren und die Gegend erkunden? Mich jedenfalls würde es freuen. Ich hatte zwar vor, nur mit mir meine Probleme zu durchdenken, aber so ganz alleine sein ist dann doch ziemlich doof."

„Irgendwie geht es mir letzlich ganz ähnlich. Noch ist im Kopf ein heftiger Streit zwischen zwei verschiedenen Zukunftsmodellen. Beim Radfahren, so dachte ich, kriege ich den Kopf frei und kann alle Fürs und Widers durchdenken. Aber inzwischen glaube ich, man muss über solche schwierigen Dinge mit Jemandem reden können, der davon Abstand hat. Vielleicht können wir uns ja mit der Zeit gegenseitig ein Stück aus dem Tal der Fragen helfen. Ich hätte mir nie träumen lassen, dass ich mich jetzt spontan auf einen anderen Menschen einlassen könnte. Aber mit dir kann ich mir eine solche WG auf Rädern erstaunlicher Weise ganz gut vorstellen. Also: danke, und ja, gerne." „Gut, abgemacht. Dann pack dein Zeltchen und alle deine Dinge, die du im Zelt und am Rad hattest, in die beiden Staukästen über dem Kopfende deiner Schlafstelle. Die sind beide völlig leer. Ich hole mir indessen mein Rad vom Träger, und dann fahren wir mal hier ins Gebiet."

So wurde das dann auch. Markus schlug vor, verschiedene Sehenswürdigkeiten im noch gut erreichbaren Gebiet der Nachbargemeinde abzuklappern, die hatte er sich schon vor einiger Zeit herausgesucht. Zu Mittag mussten belegte Brötchen von einem Dorfbäcker genügen, Lena hatte aber bereits einen Plan für ein ordentliches Abendessen am oder im Mobil. Doch zuerst wurden kleine Besichtigungen in einer gepflegten Windmühle, einem geschichtsträchtigen Bauerngehöft, zwei Kirchen mit historischem Schnitzwerk und schließlich noch ein Blick auf und über die Weser erledigt.

Der Rückweg führte an einem Hofladen vorbei, in dem Lena dann noch Einiges fand, was zum geplanten Abendmenü verwendet werden konnte. Als sie zahlen wollte, hatte Markus bereits seinen Gelbeutel gezückt und den Kaufpreis entrichtet. „Das musst du nicht, ich bin durchaus flüssig." Markus lachte. „Das glaube ich dir. Aber ich will auch meinen Beitrag leisten. Ich habe einen sehr guten Verdienst, auch nach dieser Reise, wie immer ich mich entscheide."

Zur Überraschung des Mitessers holte Lena einen Gaskocher auf einer Campinggasflasche aus dem Heckstaukasten, für den es sogar einen dreibeinigen Ständer gab. So musste weder eine Gasflamme im Mobil beansprucht noch auch auf dem Boden herum gehockt werden, wie bei seinem kleinen Kartuschenkocher. Im Handumdrehen hatte sie ein recht originelles Gericht zusammengekocht, dessen Grundsubstanz eine der Käsesorten vom Hof war, in die sie verschiedene Gemüsesorten geschnippelt hatte, die fast roh geblieben waren, aber wundersamer Weise bestens mundeten. Das Besondere war aber die Art, wie sie diesen Käsetopf gewürzt hatte. Brotstücke gaben dann dem Ganzen die Basis. Desgleichen hatte Markus noch nie gegessen, war aber vom Geschmack hellauf begeistert. „Das ist doch fremdländisch, was du da gezaubert hast. Woher kannst du sowas Tolles?" „Geduld, Geduld. Bevor wir später schwimmen gehen, werde ich anfangen, dir die Gründe für meine schwierige Entscheidungsfindung zu berichten. Da wird dann auch diese Frage mit beantwortet." Abgewaschen und aufgeräumt war schnell, dann setzten sie sich wieder auf die Campingstühle, und Lena begann wie versprochen von sich zu erzählen.

Kinder- und Jugendtage auf dem Land

„Mein Großvater hatte nach dem Krieg und der Grundschule die Realschule, die damals Mittelschule hieß, besucht und dann Maler und Lackierer gelernt. Als er Großmutter kennengelernt hatte und heiraten wollte, hat ihn irgendwie der Ehrgeiz gepackt. Er machte seine Meisterprüfung. In seinem Heimatdorf gab es damals keinen Malerbetrieb, also machte er sich im Jahr nach der Heirat 1964, damals 23 Jahre alt, selbstständig. Da war das erste Kind gerade geboren. Zehn Jahre später hatte der Betrieb vier Gesellen und immer einen Lehrling. Die Familie bestand inzwischen aus den Eltern und drei Töchtern, die Jüngste ist meine Mutter. Meine beiden Tanten haben beide nach ihrer Ausbildung, die eine in der Verwaltung, die andere in einer Apotheke, recht bald nach außerhalb geheiratet.

Mutter hat wie ihr Vater das Malerhandwerk gelernt, nicht zu Hause, sondern in unserer Kreisstadt. Dort war mein Vater ihr Vorgänger als Lehrling gewesen und inzwischen Geselle. Das wurde ganz schnell eine heiße Liebesgeschichte. Als mein ältester Bruder unterwegs war, haben sie dann flott geheiratet. Vater hat die Meisterprüfung gemacht. Dann sind sie beide in Großvaters Betrieb eingestiegen. Wir sind vier Kinder, ich bin die Zweite. Als ich 1990 geboren wurde, war der Betrieb schon so gewachsen, dass er gut zwei Meister, neun Gesellen und zwei Helfer ernährte. Und unsere Großeltern hatten sich knapp drei Jahre zuvor den Hymer angeschafft, bar bezahlt. So wohlhabend waren sie inzwischen bereits geworden." „Die Ortsangabe ‚WW' auf deinem Nummernschild - und auch ein bisschen deine Redeweise - zeigen mir an, dass du im Westerwald aufgewachsen bist." „Richtig, mein Heimatdorf ist nur wenige Kilometer von Westerburg entfernt. Aber nun lass es erst einmal gut sein, wir sollten langsam zum Strand aufbrechen. Es ist etwas kühler als gestern, dafür aber richtig schönes Wetter. Also komm."

Nach einem ausführlichen und störungsfreien Bad im verblüffend warmen Meerwasser liefen sie an diesem Abend direkt zurück zum Waschhaus, die notwendigen Dinge hatten sie schon mit zum Strand genommen. Frisch geduscht, nun aber mit etwas wärmerer Bekleidung als zur Abendessenszeit, saßen sie dann noch bis zur einsetzenden Dunkelheit vor dem Fahrzeug. Ende Juni ist das am Meer erst gegen halb Elf soweit. Buttermilch aus dem Hofladen war jetzt ihr Getränk.

Lena erzählte nun weiter. „In unserem Dorf gab es damals noch die Möglichkeit, draußen gefahrlos miteinander zu spielen. Dort gibt es keine Durchfahrtstraße, die Landstraße führt hinter den Hausgärten vorbei. Für ein bisschen organisierte Körperertüchtigung hatten wir einen gut geführten Sportverein. So kam ich zum Bodenturnen und hatte richtig Spaß daran. Diesem Sport verdanke ich wohl meine robuste Gesundheit, und dass ich nicht so ein fadendünner Hungerhaken bin wie manche Frauen meines Alters, aber auch nicht dick wie viele andere.

Eine Grundschule gab es am Ort. An die Zeit dort habe ich nur schöne Erinnerungen. Wir waren vierundzwanzig Kinder in meiner Altersstufe, und in den vier Jahren kam weder ein Kind dazu noch ging eines aus der Klasse. Diese Beständigkeit hat uns alle geprägt. Und mit unserer Lehrerin hatten wir, das weiß ich heute, ein Riesenglück. Sie war nach meinem heutigen Urteil eine pädagogische Naturbegabung. Ihr verdanken wir alle ein solides Bildungsfundament.

Im Westerburger Konrad-Adenauer-Gymnasium habe ich mein Abi gemacht. Die ersten Jahre waren halt typische Pubertätsjahre, ich war ein ganz schönes Frühbirnchen. Meine Großeltern waren oft meine Rettungsinsel, wenn ich wieder einmal mit meinen Eltern oder den Brüdern ordentlich Stress verursacht hatte. Mit vierzehn hatte ich meinen ersten Freund, einen gerade neunzehnjährigen Zimmermannslehrling, der außer seinem Beruf, Fußball und Sex keine weiteren Ansprüche ans Leben stellte. Halt so der Typ „Gorilla mit der Sonnenbrille", auf den oft Mädels gegen Ende ihrer Pubertät abfahren. Body statt Grips. Meiner klugen Mutter verdanke ich, dass ich rechtzeitig die Pille bekommen habe, bevor mich mein Gorilla entjungfert und etwa ein halbes Jahr lang als Befriedigungspuppe benutzt hat. Irgendwann habe ich dann kapiert, wie blöd er und wie naiv ich war. - So, und wie das mit der kleinen dummen Lena danach weiter gegangen ist, erfährst du, nachdem du mir morgen von Deiner Kindheit berichtet hast. Jetzt will ich nur noch schlafen."

Schnell waren die Stühle verstaut und das Innere des Mobils wieder schlaftauglich gerichtet. Markus war völlig verwundert, dass sich seine Gastgeberin ohne Scheu in seinem Beisein aus ihren wenigen Kleidungsstücken schälte, bedächtig ihren kurzen Trikotschlafanzug überstreifte und dann mit einem „Also schlaf gut." in ihr Bett verkroch. So tat er sich ebenfalls keinen Zwang an, zog sich aus, schlüpfte in die kurze Hose seines Schlafanzugs und verfügte sich schließlich auch in seinen Schlafsack. Beim Einschlafen wurde ihm bewusst, dass er sich dieses behagliche Gehäuse mit einer durchaus attraktiven Frau teilen durfte. Sein Chef pflegte solche Frauen sachlich als ‚optimal gepolstert und greifhandlich' zu beschreiben. Diese Erkenntnis ließ ihn aber völlig kalt. Er war den professionellen Umgang mit mehr oder weniger unbekleideten Frauen schließlich durchaus gewohnt.

Ein Wenig anders war das bei Lena. Sie hatte ihren Trennvorhang nur nachlässig zugezogen und, eigentlich ohne direkte Absicht, nun auch ihrerseits ihren blonden Gast in absoluter Nacktheit gesehen. Bei ihr hatte das eine völlig unerwartete und recht eigenartige Reaktion ausgelöst. Ihr aktuelles Entscheidungsproblrm entwickelte plötzlich eine weitere Dimension. So recht begreifen, was da in ihr vorging, konnte sie jedoch nicht. Vielleicht wollte sie das auch gar nicht, denn ihre Fragen in Bezug auf ihre Zukunft waren auch so schon kompliziert genug. Sie beschloss, sich nicht noch mehr verrückt zu machen. Sie bemerkte aber immerhin auch, dass sie die Gegenwart ihres Gastes im Wagen intensiv zu genießen begann. Dann war das halt so.

Arztkinder

Der nächste Morgen wurde wieder sonnig und zunehmend recht warm. Infolgedessen beschloss die Hymerbewohnerschaft, nach dem Frühstück zuerst den Wageninnenraum aufzuräumen und dann zum Strand zu wandern. Bis die Flut gegen neun Uhr zehn ihren Höchststand erreicht hatte, lagen sie neben einander auf ihren Handtüchern im warmen Sand, und Markus begann nun, von seiner Kindheit zu berichten.

„Aufgewachsen bin ich mit meinen beiden älteren Brüdern in einem der Dörfer der Großgemeinde Lennestadt im Sauerland. Mein Vater, der noch in vorpolnischer Zeit in Pommern geboren wurde und als Flüchtlingskind aufgewachsen ist, hatte wagemutig im ererbten großen historischen Bauerngehöft seiner Schwiegereltern eine frauenärztliche Praxis eingerichtet. Dieser Mut wurde in verblüffender Weise belohnt. Der Radius, in dem seine Patientinnen wohnen, ist recht schnell gewachsen und unerwartet groß geworden. Die umliegenden Städte waren und sind allesamt gynäkologisch nur bestenfalls ausreichend, eher mangelhaft versorgt.

Er hat bis heute zumindest im St.-Walburga-Krankenhaus in Meschede eine klinische Anlaufstelle für seine Patientinnen gehabt, die aber gerade jetzt geschlossen wird. Nun ist seine Praxis noch notwendiger als in früheren Jahren. Mutters Eltern hatten längst die Landwirtschaft aufgegeben, da mein Opa nach einem Arbeitsunfall - er ist in seiner Scheune vier Meter tief gestürzt gewesen - den Hof nicht mehr führen konnte. Es gab auch keinen Landwirt in der nächsten Generation. Unsere Eltern haben nach der Großeltern Tod Mutters Geschwister ausgezahlt.

Unser Vater ist fast zehn Jahre älter als unsere Mutter. Bis zur Geburt meines ältesten Bruders war er bereits zweiunddreißig Jahre alt. Da hatte er mit der Praxis gerade erst angefangen. Wir drei sind nur jeweils vierzehn Monate nacheinander geboren. Vater wollte kein alter Vater sein, wie er uns immer erklärte. Mutter hat einen scharfen Sinn für Symbolik. Also heißen wir wie die Evangelisten des Neuen Testaments, aber rückwärts, Johannes, Lukas und Markus.

In unserem Dorf hatten wir eine ähnlich unkomplizierte Kindheit wie du und deine Geschwister in dem Euren. Und unsere Eltern waren alles andere als Helikoptereltern, dafür fehlte beiden die Zeit. Mutter arbeitet nämlich seit jeher in der Praxis mit. Umso mehr genossen wir die Wochenenden, an denen unsere Eltern wirklich Zeit für uns hatten und mit uns und unserem Hymer allmählich viele Ziele in Deutschland und den Beneluxstaaten ansteuerten.

Anders als du bin ich von Anfang an per Schulbus zu einer Mittelpunkt-Grundschule gefahren. Das war aber auch ganz gut, denn trotz eines Lehrerwechsels konnten fast siebzig Prozent der Kinder meiner Klasse in fortbildende Schulen gehen, sogar genau ein Drittel hat das Abitur erreicht. Auch meine Brüder haben Abitur gemacht. Da der älteste sitzen geblieben war, sogar im gleichen Jahr. Bei beiden haben die Noten nicht zum Medizinstudium gereicht, obwohl mein zweiter Bruder ganz gerne Arzt geworden wäre, um später Vaters Nachfolger zu werden. Nach dem Zivildienst hat er Biologie studiert und arbeitet heute erfolgreich in einem Pharmakonzern in Rheinhessen. Der Älteste ist nach seiner Zivizeit Diplomkaufmann geworden."

Fast hätten Lena und Markus das Hochwasser verpasst, also nichts wie hinein ins Meer. Infolge eines kräftigen nordwestlichen Windes zog sich das Wasser nur langsam zurück, so ließ sich die Badezeit recht lange auskosten. Als sie dann zum Campingplatz zurück gerannt waren - ein spontaner Wettlauf ließ die nassen Badeklamotten gut am Leib ertragen - nutzten sie die Duschen im Waschhaus und kehrten danach fast gleichzeitig zum Wagen zurück. Lena begann sofort mit der Vorbereitung einer Mittagsmahlzeit, während Markus nicht nur ihren Kocher, sondern auf dem Tisch auch seinen kleinen, betriebsfertig machte. So gab es dann Bratwürste, Bratkartoffeln und einen frischen gemischten Salat. Und die Gerüche blieben erneut im Freien.

Der Nachmittag wurde wieder unter Einsatz der Fahrräder verbracht, an diesem Tag mit einem Besuch der nächstgelegenen Kleinstadt. Es war für Markus ein verblüffendes Erlebnis, wie distanziert und ohne jede Begehrlichkeit Lena die Auslagen in den Schaufenstern der

Geschäfte betrachtete. Da war er ganz Anderes gewohnt. Lediglich in einem Supermarkt, mit dessen Besuch sie ihren Rundgang beendeten, kauften sie einige Lebensmittel ein, gezielt ausgesucht für ein Essen am nächsten Tag. Außerdem zwei Sixpacks alkoholfreies Bier für die Abende. Zur Abendmahlzeit waren sie dann wieder zurück. Unterwegs hatten sie beschlossen, nur noch eine Nacht auf der Campingwiese hinter dem Deich zu bleiben und am nächsten Morgen dann aufzubrechen. Vor dem Schlafengehen wollten sie noch ein letztes Mal ins Meer.

So blieb noch einige behagliche Zeit auf den Campingstühlen, in der nun entsprechend des verabredeten Wechsels Lena wieder an der Reihe war, über den Fortgang ihres Lebenswegs zu berichten. Markus war recht gespannt, was er nun zu hören bekäme.

Black and White

„Nach der Zeit mit dem Gorilla habe ich keinen Kerl mehr an mich ran gelassen, habe auch die Pille abgesetzt und eine Art inneres Keuschheitsgelübde abgelegt. Und das habe ich tatsächlich ohne Probleme bis weit übers Abitur durchgehalten. Nach diesem habe ich mich dann in Koblenz zur Pflegefachkraft ausbilden lassen. Parallel habe ich schon begonnen, mich zur Hebamme weiter zu bilden. Mit 23 Jahren war ich dann die jüngste Hebamme unserer Koblenzer Geburtshilfestation. Und hatte auch allmählich wieder Lust auf eine Beziehung, deshalb begann ich wieder, die Pille einzunehmen. Genau in diese mich selbst überraschende Bedarfslage purzelte dann unser Neuzugang, der junge Assistenzarzt Doktor Jerome Rudahigwa, der von unserem Chefarzt für einen vom Bundesland Rheinland-Pfalz organisierten Spezialeinsatz in seinem Heimatland Ruanda vorbereitet werden sollte. Seinen Facharzt für Gynäkologie hatte er bereits in Mainz erworben, jetzt sollte er für Beratung und Ausbildung von Geburtshelfern und -helferinnen in ländlichen Regionen Ruandas weitergebildet werden.

Da fast niemand seinen Nachnamen behalten und richtig aussprechen konnte, ließ er sich von Jedermann ‚Doktor Jerome' nennen. Bereits bei unserer ersten Begegnung habe ich mich in diesen exotischen Mann verliebt. Fast einmeterneunzig Größe, extrem dunkle Haut, kurzes Kraushaar und ein für unsere Vorstellung vom Afrikaner untypischer, für einen Tutsi aber völlig normaler

Gesichtsschnitt mit hoher Stirn und schmaler gerader Nase boten einen hinreißenden Anblick. Und seine Art, mit Menschen umzugehen, war so herzlich und einfühlsam, dass es kaum zu glauben war. In seiner ersten Arbeitswoche hatten wir dann auch noch täglich gleichzeitig Dienst. Unsere Arbeitsweise, mit den Gebärenden zu arbeiten, war verblüffend ähnlich. Und an unserem folgenden gemeinsam freien Wochenende waren wir dann schon stundenlang zusammen in meinem Bett.

Unsere Beziehung entwickelte sich atemberaubend. Bereits sieben Monate später haben wir in meinem Heimatdorf geheiratet. Jerome war wie ich Protestant und ein gläubiger Mensch. Deshalb haben wir auch eine kirchliche Trauung gefeiert. Meine ganze Familie hat ihn mit einer Herzlichkeit aufgenommen, die mich in der Erinnerung noch immer zutiefst berührt. Besonders mit meiner Großmutter hat sich mein Mann ganz hervorragend verstanden. Und mein Großvater spöttelte: ‚Tolle Marke, Black and White!' Meine kleine Wohnung in Koblenz-Pfaffendorf mit Blick auf den Rhein haben wir behalten, denn wir waren nun schon in der Vorbereitung der Ausreise in seine Heimat, unser gemeinsamer Arbeitgeber würde die Partnerorganisation des Landes Rheinland-Pfalz für Jeromes Heimatland Ruanda sein. Unseren Kinderwunsch wollten wir uns dann in Afrika erfüllen." Mit Tränen in den Augen beendete hier Lena ihren Bericht und meinte, es sei nun Zeit für das geplante Gute-Nacht-Baden im Meer. Während sie sich ihre Badesachen überzogen – inzwischen waren sie völlig unbefangen im Hymer immer einmal wieder gemeinsam nackt – ging Markus der Gedanke durch den Kopf, dass es wohl für Lena höchste Zeit sein müsse, Erinnerungen zu beweinen. Er wusste, das hilft. Was musste da wohl geschehen sein?

Mit ihren Handtüchern um die Hüften wanderten sie nun zum Strand und veranstalteten ein kurzes, aber wunderbar erfrischendes und auch außerordentlich entspannendes Abschiedsschwimmen. Unter dem Fahrradträger sollten Bikini und Badehose bis zum Morgen getrocknet sein. Dann könnte alles zusammengepackt werden und die Weiterreise beginnen. Beide duschten nacheinander ausführlich unter der kalten Stranddusche, nackt, weil außer ihnen niemand mehr da war, und gingen dann eingewickelt in ihre Handtücher zurück. Im Waschhaus konnten nämlich ab zweiundzwanzig Uhr nur noch die Toiletten benutzt werden. Noch vor dreiundzwanzig Uhr schliefen sowohl Lena als auch Markus schließlich fest in ihren Kojen des alten Mobils.

Nächste Etappe

Markus hatte bereits geplant, als nächsten Übernachtungsort Bad Zwischenahn anzusteuern, Lena hingegen hatte gar keinen festen Plan. Sie hatte sich bisher mehr oder weniger auf den Zufall verlassen. Also schloss sie sich gerne der Planung ihres WG-Genossen an. Das Fahrzeug war gemeinsam schnell reisefertig gepackt. Markus bestand darauf, die Platzgebühren zu übernehmen und marschierte nach der Vollendung der Räumarbeiten zur Rezeption. Die Ehefrau des Platzbesitzers rechnete ab und meinte dann: „Das war ja recht schön von ihnen beiden geplant, sich hier zu treffen. Ich finde, sie sind ein prachtvolles Paar, Frau Haubrich und sie." „Das ist aber ein Irrtum. Wir haben uns hier überhaupt erst kennen gelernt. Wir sind auch kein Paar, sondern nur eine WG auf Rädern geworden."

Als Lena dann mit dem treuen alten Fahrzeug auf die Landstraße bog und beschleunigte, erkundigte sich ihr Beifahrer: „Laut deinem Ausweis, den ich an der Rezeption zurück bekam, heißt du ‚Haubrich' und nicht ‚Rudahigwa'. War das von Anfang Eurer Ehe an so?" „Ja, Jerome wollte das so haben. Den Grund erzähle ich dir dann später. Wie gut du den Namen behalten hast, alle Achtung."

Der Campingplatz, den sie nach gut anderthalb Stunden erreichten, liegt direkt am „Zwischenahner Meer", einem der größten Seen Niedersachsens. Er erwies sich als sehr viel komfortabler ausgestattet als der kleine Platz hinter dem Deich, aber allein schon von seiner Lage her als gute Wahl. Und beiden war inzwischen klar, weder bei Lena noch bei Markus spielten die Kosten eine wichtige Rolle. Sie lebten wohl beide bisher in wirtschaftlich sicheren Verhältnissen. Dass man ein Boot mieten könne, gefiel Markus gut. Dass es auch ein Strandbad gab, erfreute wiederum Lena besonders. Als sie sich an der Rezeption gemeinsam anmeldeten, lernte Lena nun auch den Nachnamen ihres Mitbewohners kennen, Markus hieß also ‚Knapp'. Und einen Doktortitel hatte er auch. Ach, sieh an.

In der Nähe des Platzes fand sich ein hübsches Lokal, in dem sie ein ordentliches Mittagessen bekamen. „Witzig ist das ja, dass dieser See hier Meer genannt wird." Lena schüttelte verwundert den Kopf. „Ach, weißt du, hier im Norden gibt es da eine seltsame Sprachregelung, offenbar schon seit dem Mittelalter. Der See ist ‚das Meer', und das Meer ist ‚die See'. Einige größere und kleinere Teiche werden deshalb Meer genannt. Vater wusste das und hat es uns damals bei einer unserer zahlreichen Wochenendreisen nach und durch Norddeutschland erklärt." Da beide nach dieser guten und reichlichen Mahlzeit keine rechte Lust auf eine Unternehmung hatten, damit konnten sie auch später noch beginnen, machten sie es sich vor dem Hymer unter der Markise bequem, und Markus sollte und wollte nun weiter berichten.

„Ich wollte es meinen Brüdern vermutlich zeigen, dass ich jedenfalls besser war als sie. Deshalb entfaltete ich in der Oberstufe einen gewaltigen Ehrgeiz und schaffte ein

Abiturzeugnis, das dem Numerus Clausus für das Medizinstudium gerecht werden konnte. Als dritter Sohn war ich von der Wehrpflicht befreit. In Münster bekam ich einen Studienplatz und stieg mit dem gleichen Eifer ins Studium ein, mit dem ich zum Abi gestrebt hatte. Außer ein bisschen Sport gönnte ich mir nur wenig Freizeit und schaffte tatsächlich alle Prüfungen nach Mindeststudienzeit. Da ich als einer der Jüngsten Abitur gemacht hatte, war ich schließlich der bei Weitem jüngste AiPler in der Uniklinik und anschließend auch jüngster Assistenzarzt. Ich wurstelte mich zuerst mit einigen Problemen durch verschiedene Abteilungen.

Die erste, die mir ein wenig zusagte, war die Pädiatrie, so kam ich auf den Gedanken, vielleicht Kinderarzt zu werden. Anschließend und als letzte Abteilung erwischte ich dann die Gynäkologie, und da war es dann um mich geschehen. Ich hatte meine Doktorarbeit zwar über ein zum Glück noch nicht bearbeitetes Problem der kinderärztlichen Medizin geschrieben und inzwischen mein Rigorosum geschafft, aber der Chefarzt der Geburtshilfe hat mich so motiviert, dass ich seinem Vorschlag entsprach, in seiner Abteilung blieb und nun im Frühjahr erfolgreich die Facharztprüfung bestanden habe. Jetzt bin ich, so unglaublich das ist, genau wie dein Jerome Facharzt für Frauenheilkunde und Geburtshilfe. Meine Eltern hat das gewaltig gefreut.

Bis zur Ausbildungszeit in der Gynäkologie hatte ich, Markus der Streber, fast kein Privatleben. Zweimal in der

Woche gab es nur ein Training in der Laufgruppe des Universitätssportvereins, ab und an ein Feierabendbier mit Kollegen im historischen ‚Pinkus Müller', das war´s auch schon. Als mich unsere Klinik fest angestellt hatte, suchte ich mir im Hansaviertel eine kleine hübsche Wohnung und ging ab und an auch einmal in ein kleines Tanzkaffee um die Ecke. Und da lernte ich dann später Steffi kennen. Die Zeit mit ihr ist die nächste Geschichte, die kommt dann übermorgen an die Reihe."

Nun hatte sich die Trägheit nach dem kräftigen Mittagessen auch verzogen. Lena schlug vor, die Fahrräder zu nehmen und entlang des auf einer großen Schautafel angezeigten Rundweges den See zu umfahren. Das sollte ein in mancher Hinsicht schönes Unterfangen werden. Erstens war der Weg sehr bequem zu radeln, zweitens gab es auch eine Menge Abwechslungsreiches zu sehen und drittens kamen sie wenige Minuten vor ihrer Rückkehr zum Campingplatz an einem Eiscafe vorbei, an dem sie eben nicht vorbeikommen konnten. Die Portionen waren üppig und außerordentlich schmackhaft. Schließlich ging es vor dem Schlafengehen auch noch ins Strandbad. Ein schöner Tag ging zu Ende.

Trübsal außen wie innen

Weniger schön begann der nächste. In der Nacht hatte es begonnen zu regnen und wollte auch am Morgen nicht aufhören. Für die Natur war es höchste Zeit, dass wieder mal ein so schöner und gleichmäßiger Regen vom Himmel kam. Und weder Lena noch Markus störte der, denn sie saßen ja im Trocknen und hatten alles im Wagen, was sie benötigten. So war das trübselige Wetter vorerst überhaupt kein Problem. Während nach der kleinen Morgenerfrischung im Toilettenräumchen Markus schnell seinen Schlafsack im Bettkasten verstaute, die Sitzgruppe aufbaute, auch das Hubbett richtete und sicher nach oben schaffte, sorgte Lena für das wie immer üppige Frühstück mit einem ordentlichen Kaffee.

Versonnen und schweigsam verzehrten beide ihre Brote. Sie hatten keine Eile, angesichts des Regenwetters schon gar nicht. Und Lena legte sich in Gedanken zurecht, wie sie nun die anstehende Folge ihrer Berichterstattung würde erzählen können. Ein bisschen bange war ihr schon. Markus merkte das und hatte plötzlich das Gefühl, diese Berichterstattung müsse nun schnell beginnen, damit Lena vielleicht los werden könne, was sie bedrückte. Also räumte er den Tisch ab und schlug vor, das benutzte Geschirr nach dem Mittagessen gemeinsam mit dem bei diesem angefallenen abzuspülen, jetzt aber gleich mit dem Erzählen fortzufahren. „Du bist wieder dran. Also los geht's."

„Unsere kleine Pfaffendorfer Wohnung konnten wir möbliert einer Nachmieterin übergeben, das ersparte viel Arbeit. Der lange Flug nach Kigali war zwar ziemlich langweilig, aber Jerome vertrieb uns die Zeit mit einigen vorbereitenden Berichten über sein Heimatland. Trotz häufiger Gespräche darüber hatte ich immer noch viele Fragen.

Als wir in Kigali auscheckten, erlebte ich erstaunt, dass Jerome vom Flughafenpersonal mit großer Ehrerbietung behandelt wurde. Als die Leute dann bemerkten, dass ich seine Frau sei - dort haben Ehepaare sehr häufig völlig unterschiedliche Nachnamen - weitete sich diese ehrfürchtige Behandlung sofort auch auf mich aus. Vor unserem Aufbruch in das Gebiet im Norden des Landes, in dem wir arbeiten sollten, waren wir für zwei Nächte in einem hübschen Hotel einquartiert worden. Der Tag zwischen diesen beiden Nächten war für Organisatorisches in unserer Zentrale vorgesehen.

Am Abend in unserem Zimmer wollte ich nun von meinem Mann wissen, warum wir so ehrerbietig behandelt würden. ‚Das verdanken wir meinem Nachnamen, den es eigentlich nur in einer Sippe gibt. Jeder in Kigali weiß, dass Mutara III. Rudahigwa der vorletzte und ein langjähriger König Ruandas war. Hier leben keine direkten Nachkommen von ihm. Die Söhne und Enkel seiner Brüder werden dadurch hier so behandelt wie die britischen Prinzen in London. Ich bin der jüngste Sohn seines jüngsten Bruders. Das ist einerseits, wie du gesehen hast, ein gewisses Privileg. Es birgt aber auch Gefahren. Einmal gibt es noch einige wenige verbohrte Angehörige des Hutu-Stammes, die uns Angehörige des Tutsi-Stammes abgrundtief hassen. Das ist im Zeitalter der eigentlich erledigten Stammesversöhnung purer Unsinn, kann aber Risiken bergen. Zum Anderen gibt es innerhalb unserer verzweigten Rudahigwa-Sippe eine total irrsinnige Spannung, ja Feindschaft zwischen einigen Nachkommen der vier Brüder des alten Königs.

Einer, der eigentlich mein Neffe ist, weil er der Enkel des ältesten der Königsbrüder ist, ist wohl der Schlimmste. Er lebt in der Vorstellung, unsere Sippe müsse wieder Ruanda beherrschen, wir Rudahigwas alle würden das auch eigentlich so wollen, und deshalb gäbe es eine Rivalität zwischen uns. Mir begegnet er immer sehr argwöhnisch. Ich glaube, er denkt, ich würde meine Ambitionen auf den wieder zu errichtenden Königsthron geschickt hinter meinem Arztberuf verstecken. Motto: Warum hat Jerome studiert, wenn er nicht König werden will? Lionel Rudahigwa spinnt zwar ganz offensichtlich, wer aber weiß, ob der Bursche vielleicht gefährlich ist? Um dich etwas aus der Schusslinie zu halten, habe ich gewollt, dass du weiter Haubrich heißt, auch als meine Frau.'

Nach unserer sehr anstrengenden Fahrt in den Norden verblassten alle diese düsteren Geschichten. Mit großem Eifer machten wir uns daran, unser Beratungszentrum aufzubauen, die Frauen in den Dörfern zu besuchen und zu beraten, Geburtshelferinnen auszubilden und selbst Hilfe zu leisten, wo immer das nötig war. Ich hatte zwei bereits gut ausgebildete Geburtshelferinnen zur Seite, wir waren bald ein eingespieltes Team. Uns hatte man ein ganz gut ausgestattetes Wohnhaus zur Verfügung gestellt. Mit unserem Komfort hier ist das nicht zu vergleichen, aber zu einem guten genügsamen Leben war es allemal geeignet.

Ich hatte bereits vor unserem Abflug in Deutschland die Pille abgesetzt, wir wollten ja nun Kinder haben. Aber das war die traurige Seite unseres sonst erfüllten Lebens, wir blieben kinderlos. Eine Untersuchung meiner Organe durch Jerome erbrachte die Erkenntnis, dass durch eine leichte Fehlgestalt meiner Gebärmutter schon ein kaum denkbarer großer Zufall geschehen müsse, dass ich schwanger werden könne. Wir haben aber die Hoffnung nie aufgegeben.

Ich wusste, dass Jerome recht traurig darüber war, dass er nun wahrscheinlich keine Kinder mit mir würde haben können, aber er ließ sich das kaum anmerken. Natürlich verschloss auch ich meine Traurigkeit in meinem Herzen, um ihn nicht zu belasten. – So, jetzt lass es mal gut sein, weiter geht's dann übermorgen." Wieder hatte sie Tränen in den Augen, und Markus spürte, das Schlimmste werde noch kommen. Jetzt könne Lena es gerade nicht berichten.

Am Nachmittag riss dann die Wolkendecke auf. Ein vorübergehend stärkerer Wind trocknete schnell glatte Flächen, nur das Gras und andere Pflanzen blieben feucht. So kam Markus die Idee, ein Ruderboot zu mieten und auf den See hinaus zu rudern. Damit hatte er Erfahrung, oft genug waren er und seine Brüder von zu Hause aus auf der Biggetalsperre gerudert. Lena fand die Idee gut. Die Ruhe auf dem Wasser, sie waren fast alleine unterwegs, verursachte es dann wohl, dass sie sich ganz entspannt auf der breiten Bank im Heck räkelte. Markus saß ihr gegenüber und ruderte das kleine Boot gekonnt in Richtung seines Rückens.

Erfreut nahm er wahr, dass also seine Idee Lenas Anspannung löste, und genoss nun zunehmend bewusst die Nähe dieser jungen Frau mit ihrer von innen heraus strahlenden Schönheit. Zum Abendessen hatte sie dann wieder endgültig ihre fröhliche Zufriedenheit gefunden, die ihn immer wieder erstaunte. Schließlich wusste er, dass sie inmitten einer Lebenskrise steckte. Noch während der Mahlzeit begann es wieder, sanft zu regnen. So blieben sie bis zur Schlafenszeit im Hymer, genossen alkoholfreies Bier und spielten zuerst Mühle und dann auch noch Dame. Das war recht unterhaltsam.

Kurz und Knapp

Auch am nächsten Morgen war das Wetter wieder dazu angetan, im Mobil zu bleiben. Sie vertrödelten beim Frühstück ganz bewusst die Zeit. So war es schon fast Zehn, bis aufgeräumt und abgewaschen war. Jetzt wollte Lena doch gerne hören, was Markus von seiner Zeit mit Steffi zu berichten hatte. „So, Markus, nun bist du ja wieder an der Reihe, deine Erzählung fortzusetzen. Ich bin recht gespannt, wie es bei dir weiter gegangen ist."

„Es war einer der ersten warmen Abende Ende Mai, als ich wieder einmal ins Tanzcafe wanderte. Ich tanze ganz gern und, wie mir manche Tanzpartnerinnen bestätigt haben, wohl auch ganz gut. Trotz einiger netter Bekanntschaften durch diese Kontakte hatte ich, so alt ich geworden war, noch niemals mit einer Frau Sex. Anders als du Frühbirnchen, wie du dich bezeichnet hast, bin ich wohl ein ganz extremer Spätzünder gewesen. Seltsamer Weise hatte ich bis dahin nie das Gefühl gehabt, dass mir etwas fehlt.

Plötzlich kam eine Neue ins Lokal. Sie war atemberaubend hübsch, äußerst gepflegt und auffällig selbstbewusst. Gerade wurde Damenwahl aufgerufen. Ohne zu zögern kam sie auf mich zu und forderte mich auf. In Sekunden war es mit dem keuschen Markus vorbei. Alleine ihre Blicke, tief in meine Augen, machten mich total an. Sie flüsterte: ‚Ich bin die Steffi' und drängte ihren Körper fordernd an den Meinen. Nach wenigen Tänzen, nur noch mit ihr, fragte sie mich ohne Umschweife: ‚Hast du eine eigene Wohnung?' Als ich bejahte, kam: ‚Dann nimm mich mit zu dir, ich möchte mit dir schlafen.' Ihre Direktheit erschreckte mich ein bisschen, machte mich aber gleichzeitig ganz verrückt nach ihr. Unterwegs, es ging nur um drei Straßenecken, küssten wir uns immer wieder. Und in meiner Wohnung ging es sofort zur Sache. Eine bessere Lehrmeisterin als sie hätte ich gar nicht haben können, Steffi ist ein richtiges Sexmonster.

In den folgenden Wochen entwickelte sich ein seltsames Verhältnis zwischen uns beiden. Eigentlich wohnte sie in Köln, wie sie mir sagte. Sie arbeitete dort in einem Maklerbüro und war spezialisiert auf die bundesweite Vermarktung von riesigen Industriearealen. Deswegen war sie viel unterwegs. Wann immer sie es einrichten konnte und ich freie Zeit hatte, kam sie zu mir. Bestimmt mehr als ein Drittel der gemeinsamen Stunden verbrachten wir im Bett, ich war ihr regelrecht verfallen. Etwa ein weiteres Drittel verbrachten wir mit Stadtbummeln. Shoppen ist Steffis zweite Leidenschaft. Einiges Geld gab sie selbst dafür aus, eine ganze Menge aber auch der Trottel Markus Knapp. Irgendwann zu Anfang unserer Beziehung lernte ich, dass sie Stefanie Kurz hieß. Lachend ergänzte sie diese Mitteilung mit der Bemerkung: ‚So sind wir also Kurz und Knapp, kein Wunder, dass wir so gut zu einander passen.'

Den Rest der gemeinsamen Zeit verbrachten wir mit alltäglichen Dingen, angefangen von gemeinsamen Mahlzeiten bis hin zu einigen Besuchen bei meinen Eltern.

Dort erzählte sie, es werde wohl nur noch wenige Monate dauern, von da an könne sie fest in der Kölner Zentrale bleiben. Dann könnten wir endgültig zusammenziehen. Und mit der Zeit sprachen wir dann sogar vom Heiraten und Kinderkriegen. Ich geriet durch diese Beziehung allmählich in eine neue Fragestellung hinein. Mein Vater war damit beschäftigt, einen weiteren Teil des alten Hofes zu einer Wohnung ausbauen zu lassen. Diese Baustelle zeigte er uns und meinte: ‚Wenn du deinen Facharzt hast, könnt ihr hier einziehen. Wir arbeiten noch ein paar Monate zusammen in der Praxis, dann höre ich auf und du übernimmst. Steffi fährt von hier eine Dreiviertelstunde bis Köln. Das passt dann für euch beide.' Gleichzeitig hatte mir aber mein Chef angeboten, in seiner Abteilung zu bleiben und nach drei bis vier Jahren, wenn einer unserer Oberärzte dann irgendwo Chef geworden sei, jüngster Oberarzt in der Geschichte der Klinik zu werden. Wenn ich nur wüsste, was ich wirklich will.

Was aus der wilden Geschichte mit Steffi geworden ist, erzähle ich dir in der Fortsetzung. Und wie sich im Laufe der letzten Zeit die Fragestellung der eigenen Zukunft verändert und zugespitzt hat, lege ich dir dann auch genau auseinander. Jetzt haben wir die Zeit für die Essensvorbereitung schon teilweise vertrödelt. Wollen wir heute essen gehen? Bei der Ankunft hier haben wir ja das hübsche Restaurant besucht, da sind wir in einer Viertelsunde zu Fuß. Komm, ich lade dich ein."

Lena lachte. „Da wäre ich ganz schön blöd, würde ich nein sagen." Am Nachmittag hatte es dann die Sonne wieder geschafft. Das Strandbad war fast menschenleer, so wurde es ein behaglicher langer Badenachmittag. Als es gegen Abend dann doch wieder regnete, schlug Markus vor: „Komm, Lena. Jetzt spucke noch das aus, was dich so schrecklich belastet. Irgendwann muss es raus. Je eher desto besser."

Das Verbrechen

„Es ist jetzt fast genau ein Jahr vergangen, seit uns folgendes Ereignis ereilt hat: Jerome und ich saßen nach einem anstrengenden Arbeitstag auf unserer kleinen Veranda. Ich hatte längst gelernt, mich in der Kochkunst der Einheimischen zu beweisen. Das hast du ja auch bemerkt. So war unser Abendessen wie immer ganz nach dem Geschmack meines Mannes. Er hatte schnell noch unsere beiden kleinen extrem leistungsstarken Wildkameras kontrolliert. Seit einiger Zeit sammelten wir Bilder seltener Vögel, um zu erfahren, ob einige Arten tatsächlich vom Aussterben bedroht seien. Jerome und ich waren ehrenamtliche Mitglieder einer freiwilligen Forschergruppe geworden, die zuvor den Schutz und Weiterbestand der Gorillas in den Bergen gesichert hatte und sich nun dem Vogelschutz zuwandte.

Ich erzählte ihm vergnügt und dankbar von einem Gespräch mit dem Hutu-Häuptling eines Dorfes. Ich sprach längst gut Französisch, das ist die gemeinsame Amtssprache der Hutu und Tutsi, also der gesamten schwarzen Bevölkerung Ruandas. Ich berichtete, dieser Häuptling habe sich jahrelang gegen die Weiterbildung der Geburtshelferin seines Dorfes zur Wehr gesetzt. Dann habe sie das Dorf für einige Zeit unter einem Vorwand verlassen, ihr Mann habe ihr dabei geholfen. In dieser Zeit sei sie in unserer Einrichtung gewesen und habe ihre Weiterbildung gemacht. Nun habe die jüngste der drei Frauen des Häuptlings - ganz selten gibt es das noch - vor

Kurzen eine sehr schwierige Geburt nur deshalb überstanden, weil die Geburtshelferin bei uns gelernt hatte, was da zu tun ist. Dann habe sie dem Häuptling ihren Ungehorsam gestanden. Er habe mir ganz zerknirscht gedankt, uns gelobt, und wolle uns in Zukunft unterstützen.

Gerade hatte ich diese Erzählung beendet, da gab es ein seltsames Geräusch zwischen unseren Bäumen, eine Art ,Plopp' sozusagen, und fast gleichzeitig blitzte es dort. Das war offensichtlich eine der Wildkameras. Und sofort kippte Jerome auf seinem geflochtenen Sessel zur Seite, wurde grau im Gesicht und regungslos. Eine Kugel hatte ihm das Schulterblatt von hinten durchschlagen und ihn mitten ins Herz getroffen, er war sofort tot. Entsetzt schrie ich auf. Nur Augenblicke später stand unser Nachbar neben mir, das war unser Dorfpolizist. Er hatte den Schuss gehört, so leise der war, sowie meinen Schrei und war sofort losgerannt. Über Funk forderte er Unterstützung an und rief dann seine Frau, die sich rührend um mich kümmerte. Wir hatten immer freundschaftlich mit diesen Nachbarn verkehrt. So war ich mit meinem Schock wenigstens nicht allein.

Erst Stunden später, als das Großaufgebot an Polizisten längst an der Arbeit war und ich mit einem Beruhigungsmittel etwas Entspannung gefunden hatte, fiel mir wieder der Blitz ein. Gleich habe ich unserem Polizisten davon berichtet. Er holte daraufhin sofort die beiden Kameras von ihren Haltern und las sie mit meiner

Hilfe auf Jeromes Laptop aus. Die Speicherplatte in der ersten war leer. Umso ergiebiger war das Foto auf der in der zweiten. Diesen Mann mit der schallgedämpften Pistole, der schräg von vorne in unglaublicher Bildschärfe geknipst worden war, erkannte ich sofort. Ich hatte ihn oft genug auf Fotos und inzwischen einmal persönlich gesehen, es war Lionel Rudahigwa. Zwei der Polizisten erkannten ihn auch. Ihr Vorgesetzter grinste befriedigt: ‚Endlich ein Beweis. Jetzt ist der Irre fällig!'

Nun war genau das geschehen, was Jerome immer gefürchtet hatte. Er war Opfer einer völlig unsinnigen Sippenfehde geworden. Und ich war, so jung ich war, mit einem Mal Witwe. Und das in einem fremden Land, zu dem mein Mann immer die Brücke gewesen war. Trotz allem habe ich nach der Bestattung meine Arbeit in der Station wieder aufgenommen. Ein älterer Frauenarzt aus Kigali wurde uns vorübergehend geschickt, um so, wie bisher Jerome, die Station zu leiten.

Der Mörder Lionel wurde wenige Monate später zu lebenslänglicher Haft verurteilt. In Ruanda heißt das auch fürs ganze Leben, denn als die Todesstrafe 2007 abgeschafft wurde, hat das Parlament im Gegenzug die Haftprüfungen für Mörder aus dem Gesetz gestrichen.

Ende Juli läuft nun mein Vertrag mit meinem Arbeitgeber aus. Und ich hänge zwischen den Entscheidungen zur Verlängerung oder zum Aufhören. Ich weiß nämlich nicht so recht, was es dann für mich geben könnte. In einer

Klinik arbeiten will ich nicht. Aber als Hebamme selbstständig zu werden ist angesichts der Riesensummen, die unser Berufsstand in Deutschland heute für Haftpflichtversicherungen zahlen muss, auch eigentlich zu riskant." Lena seufzte. „Verstehst du jetzt, warum ich zum Einen noch immer traurig über den Tod meines Jerome bin, wenn auch das Schlimmste vorbei ist und ich gelernt habe, ihn zu akzeptieren, warum ich aber auch zum Anderen so flügellahm auf meine Zukunft hin flattere, für die ich noch keine Perspektive sehe?" „Ja, natürlich ist jetzt alles klar. Und ich glaube, jetzt ist es doch notwendig, dass auch ich dir heute noch den Schluss meiner Problemgeschichte berichte."

Die Demaskierung

Lena lenkte sich nun zuerst einmal mit der Bereitung der Abendmahlzeit von ihren kummervollen Erinnerungen ab. Als dann abgeräumt war, setzten sich die Beiden wieder in die Sitzgruppe des Hymer. Markus hatte zwei Flaschen des alkoholfreien Bieres hervorgeholt; so hätten sie etwas, um sich daran festzuhalten, dachte er im Stillen. Lena schien es ganz recht zu sein, nun auch seine Krisenursache zu erfahren. Sie rutschte in die Polsterecke neben ihm, zog ihre Knie zum Oberkörper hoch, stützte ihre nackten Füße auf das Sitzpolster und schaute Markus gespannt ins Gesicht.

„Es ist jetzt knapp sechs Wochen her, da klingelte in unserem Arztzimmer auf Station das Telefon. Mein Kollege Kurt Meyer, der näher saß, nahm ab. ‚Ja, der ist hier, einen Augenblick bitte, ich verbinde.‘ Er grinste und schob mir das Mobiltelefon über den Tisch. ‚Dein Typ wird verlangt.‘ Als ich mich gemeldet hatte, verkündete eine ruhige Männerstimme: ‚Hier ist Doktor Thorsten Kurz. Wir beide, lieber Kollege, kennen uns. Wir haben zusammen den Obduktionslehrgang der Anatomie erlebt. Du bist nicht immer - und wenn, dann widerwillig - mit uns anderen hie und da im Pinkus Müller Einen trinken gewesen. Du warst unser Kursstreber. Ich bin inzwischen mit meinem Facharzt fertig. Als Anästhesist. Das habe ich in Arnsberg erledigt, da wohne ich auch mit meiner Frau. Heute bin ich nun in Münster und bleibe über Nacht. Da dachte ich, wir setzen uns mal privat zusammen. Zumal wir eine gemeinsame Patientin haben. Hättest du Lust?' Ich musste grinsen. Sieh an, der schöne Thorsten ist verheiratet. Früher hat der nichts anbrennen lassen. Ob er wohl jetzt brav ist?

‚Mensch, das finde ich prima, dass du mich ausgegraben hast. Natürlich setzen wir uns zusammen. Vorschlag: Achtzehn Uhr zum Abendessen im Hof zur Linde in Handorf. Findest du den noch? Ach nee, da wohnst du sogar. Ist ja klasse. Also dann bis später.' Die Arbeit in der Klinik schien sich fast allein zu erledigen, so sehr freute ich mich auf den ehemaligen Kommilitonen. Er war immer für gute Laune zuständig gewesen. Pünktlich war ich in der Gaststube, in der mich Thorsten schon in einer Nische erwartete.

Nach herzlicher Begrüßung bestellten wir uns ein einfaches Abendessen und sprachen zuerst über unsere Arbeit. Als die Teller abgeräumt waren, fragte er mich unvermittelt: ‚Ich bin ja nun schon eine Weile verheiratet. Wie ist das mit dir?' ‚Na ja, verheiratet bin ich noch nicht, aber meine Freundin und ich planen bereits die Ehe. Die heißt übrigens witziger Weise Kurz, genau wie du, Stefanie Kurz.'

‚Ich hätte gar nicht fragen brauchen. Ich weiß das nämlich, denn deine Steffi Kurz ist meine Ehefrau. Noch habe ich ihr Bild in meiner Brieftasche. Schau her, damit du mir das glaubst. Ich bin hier, um mit dir Informationen zusammen zu tragen, wie uns dieses Frauenzimmer mit ihrem Doppelleben seit Monaten verarscht.'

Seinen Gesichtsausdruck in diesem Moment werde ich nie vergessen, wie ein waidwunder Hirsch. Meiner dürfte ähnlich gewirkt haben. Die junge Bedienung kam jedenfalls angeflitzt und fragte, ob sie jedem von uns einen Schnaps bringen solle. Ich musste noch Auto fahren und lehnte dankend ab, Thorsten jedoch war dankbar für das Gesöff. ‚Nun musst du mir aber erklären, wie du darauf gekommen bist.' Ich wollte alles erfahren. Jetzt sofort.

Er nickte. Und dann begann er, mir ganz ausführlich zu berichten, wie er Steffi auf ihre Schliche gekommen war, und was alles er bisher heraus-bekommen hatte. Dass sie eine ausgezeichnete Organisatorin sei, wisse ich ja wohl. Sonst hätte sie ihr Doppelleben wohl kaum so lange führen können. Aber einmal mache jeder einen Fehler, so auch Steffi. Als sie Anfang der Woche nach München aufgebrochen sei, um einen großen Verkauf zu betreuen, habe sie zwar ihren Firmen-Laptop mitgenommen, ihr privates Tablet aber samt Ladekabel im Schlafzimmer vergessen. Das Ding blinke, wenn es geladen werden wolle. Und das sei irgendwann auch geschehen. Er habe es dann brav angeschlossen, dabei aber wohl versehentlich den Einschalter gedrückt. Plötzlich habe das Ding einen Maileingang vermeldet. ‚Markus Knapp hat geschrieben.' Das habe seine Neugierde geweckt. Er müsse mir ja nicht erzählen, welchen Inhalt diese Mail gehabt hatte. Musste er auch nicht, ich aber bekam rote Ohren.

In dieser Mail habe ich mich nämlich für die letzte gemeinsame heiße Nacht bedankt, ziemlich ausführlich und überdeutlich. Und zugleich geschrieben, dass ich mich nach ihrer Rückkehr in zehn Tagen sehnen würde. Letztlich, dass ich nun bald in der Lage sein werde, sie zu heiraten, weil ich mich dann endgültig für eine Zukunftslösung entschieden hätte.

‚Dein Name ließ mich gleich an dich denken, am Stil deiner Nachricht erkannte ich dich aber dann sofort. Und entdeckte entsetzt, dass meine Frau einen Liebhaber hatte, den ich sogar kannte. Da packte mich doch der Zorn, und ich las ihre ganze Mailkorrespondenz der letzten Monate.‘ Schlagartig sei ihm klar geworden, dass seine Frau ein Doppelleben führe. Mehr noch. Er habe auch einige intime Verabredungen mit ihrem verheirateten Vorgesetzten gefunden, die ihm bewiesen, dass sie uns beide bei diversen Dienstreisen mit ihm betrogen habe.

Ich stoppte seinen Redefluss und sagte: ‚Deshalb hast du mir gesagt, wir hätten eine gemeinsame Patientin. Du denkst also auch wie ich jetzt, Steffi leidet an einer klaren Erotomanie.‘ ‚Ja, das denke ich. Das ist aber nur die eine Seite der Medaille, die ja auch schöne Begleiterscheinungen hat. Wir haben schließlich beide das scharfe Luder genossen, oder? Die andere und ungleich schlimmere ist ihre Verlogenheit und ihre unverschämte Raffinesse. Mit mir hätte sie reden können. Hätte sie mir gesagt: ‚Ich brauche euch alle drei‘, hätte ich sicherlich mit ihr zusammen einen Weg gesucht. Ich bin ja kein

Moralapostel, und ich habe sie wirklich geliebt. Vielleicht hätte sie ja auch eine Therapie gebraucht. So aber hat sie ein unwürdiges Lügentheater inszeniert. Jetzt ist sie demaskiert. Und das Miststück soll uns seine Gemeinheit büßen!'

Ihm hatte sie ihre Rückkehr zum Samstag, also in zwei Tagen, zugesagt. Er wollte nun wissen, ob ich mit zu ihm nach Hause kommen könne, damit wir sie gemeinsam empfangen könnten. Das passte gut, mein Dienstplan gab mir ein langes freies Wochenende. Daraufhin entwickelten wir einen Plan, wie wir das Ganze anfangen wollten. Als alles verabredet war, bestellte er sich ein Bier und ich fuhr in meine Wohnung zurück. Dort habe ich in einer Gefühlsmischung aus Schrecken und Kummer zuerst geweint wie ein Kind. Und seltsam, das hat mir geholfen, ich konnte nun genauso zornig sein wie Thorsten. Er würde es sowieso schwerer haben als ich, er musste eine Scheidung durchziehen." Es war zwar schon spät, aber Lena wollte nun doch noch hören, wie die Sache zu Ende gebracht wurde.

„Als Steffi kam, saß ich mit dem Rücken zu ihr auf einem Sessel im Wohnzimmer der Eheleute Kurz. Thorsten ging ihr entgegen, gab ihr einen flüchtigen Willkommenskuss und sagte: ‚Schatz, wir haben überraschenden Besuch, ein Studienfreund ist heute zufällig vorbei gekommen.' Ich stand auf und grüßte artig: ‚Guten Tag, Frau Kurz. Schön, sie kennen zu lernen.' Zehn Minuten lang gab sie sich eine Riesenmühe, ihren Mann nicht merken zu lassen, dass und wie genau wir uns kannten. Doch dann sagte ich plötzlich: ‚Eigentlich, Steffi, hättest du mir sagen sollen, dass du verheiratet bist.' Und Thorsten ergänzte mit eiskaltem Tonfall: ‚Ich hätte auch gerne gewusst, dass du Markus auch noch heiraten willst.'

Dann stand er auf, öffnete die Schlafzimmertür, hinter der von uns gepackte Kartons und Koffer standen und sagte nur: ‚Jetzt nimmst du so viel mit, wie wir in deinen Dienstwagen packen können, und machst, dass du nach Köln in deine Wohnung verschwindest. Den Rest lasse ich dir bringen. Markus ist mein Zeuge, dass die Trennungsphase zur Scheidung bereits begonnen hat. Und jetzt: raus mit dir!' Das war das unschöne Ende des Lebensabschnitts mit Steffi. Ich bin dann von Arnsberg aus die paar Kilometer zu meinen Eltern gefahren und habe ihnen die ganze üble Geschichte brühwarm erzählt. Vor allem Vater war traurig und enttäuscht, er hatte Steffi gemocht, sie hatte ihn - wie wohl alle Männer - um den Finger gewickelt.“

Schwungfedern wachsen nach

Lena stellte ihre Füße auf den Boden, rutschte weiter um den Tisch, legte ihm ihre Hand auf die Seine - die erste direkte Berührung zwischen ihr und Markus - und schaute ihm tief in die Augen. „Jetzt ist mir sonnenklar, warum du ebenfalls, wie ich, so deutlich flügellahm durch die Lande ziehst. Diese Riesenenttäuschung schmerzt, und für die Zukunft findest auch du die richtige Entscheidung nicht. Mein armer Markus." Behutsam streichelte sie seinen Handrücken. „Das stimmt so nicht mehr, seit heute Nachmittag weiß ich zumindest schon, wie es beruflich mit mir weiter gehen wird. Das sage ich dir gleich." Er nahm ihre Hand, die sie auf seine gelegt hatte, behutsam zu Seite, legte ihr seinen Arm um die Schulter, zog sie zu sich heran und küsste sie sanft. Und siehe da, sie erwiderte diesen Kuss, als ob sie nur darauf gewartet hätte. Und das reichlich leidenschaftlich.

Als sie beide Luft holen mussten, lachte er: „Und jetzt weiß ich auch, wie es bei mir privat weitergeht, mit dir nämlich, wie ich es seit unserer Duscherei vorm Deich gehofft habe. Und für unsere berufliche Zukunft weiß ich ebenfalls eine Lösung. Ich werde der Nachfolger meines Vaters. Und du steigst in das neue Geburtshaus, das meine Eltern gestartet haben, als die dritte Hebamme ein, die Vater händeringend sucht. Was schließlich dein Privatleben angeht, verspreche ich dir hiermit feierlich, mich wirst du nicht mehr los." „Ich kann dort Arbeit bekommen? Das ist ja genial. Dann bleiben wir gleich zusammen!" Nach einem weiteren langen

Kuss sorgten dann beide in Windeseile dafür, dass das Hubbett wieder wusste, wofür außer zum Schlafen es einst noch solide konstruiert worden war.

Als sie am nächsten Morgen ziemlich spät nach erfrischendem Duschen im Waschhaus und flotter Vorbereitung ihr Frühstück vor dem alten Hymer einnahmen, fragte Lena mit Augenzwinkern: „Na, Herr Doktor, wie ist nach dieser ausführlichen gynäkologischen Untersuchung heute Nacht ihr Befundbericht zur Patientin Haubrich?" Markus schmunzelte. „Die Dame ist vollständig gesund, hervorragend fraulich gestaltet und beherrscht ausgezeichnete erotische Fertigkeiten. Oh, mein Mädchen, du glaubst gar nicht, wie sehr ich dich liebe." „Doch, doch, mein Liebster. Und das beruht auf Gegenseitigkeit. Wir wissen so viel von einander, wie manche Paare nach Jahren nicht. Findest du nicht auch, dass wir regelrecht für einander geschaffen sind?" „Natürlich finde ich das, du herrliches Gottesgeschenk. Warum habe ich schon gestern Abend gesagt, dass du mich nicht mehr los wirst? Jetzt ist das Leben wieder schön, Lena, und wie!"

Als sie abgeräumt und das Geschirr gespült hatten, ging es nun an die Planung der nächsten Stunden. Markus meinte: „Eigentlich haben unsere Reisen ihren Zweck jetzt erfüllt. Unseren gestutzten Flügeln sind die Schwungfedern wieder gewachsen, der gemeinsame Weiterflug ist beschlossene Sache. Dann lass uns auch Nägel mit Köpfen machen. Wir packen jetzt zusammen und fahren heute ins Sauerland zu meinen Eltern nach Hause. Dort steht auch mein PKW.

Denen unterbreiten wir unseren Entschluss. Die werden gehörig staunen, das sollen sie auch. Wenn Mutter das Gästezimmer nicht bereit hat, soll mich das wundern. Aber notfalls haben wir ja unseren alten treuen Hymer." „Du hast recht, was sollen wir jetzt noch herumhängen? Ich bin sehr gespannt auf deine Eltern, die Praxis und vor allem auch auf das Geburtshaus. Gibt es eigentlich dafür versicherungsmäßig Sonderregelungen?" „Soweit ich Vater verstanden habe, werden in einem solchen Geburtshaus nicht die jeweils einzelnen Mitarbeiterinnen persönlich haftpflichtversichert, sondern die Einrichtung insgesamt. Das ist ja auch sinnvoll." „Und am Wochenende besuchen wir dann meine Leute im Westerwald."

Im Sauerland

Gepackt war schnell, die Fahrräder waren ja schon längst wieder sicher auf dem Träger verstaut. Nach ordentlicher Abrechnung an der Rezeption rollte dann das treue alte Gefährt gemächlich vom Platz und bemerkenswert flott Richtung Autobahn. Lena hatte Markus gebeten, für eine zweite Etappe dann das Steuer zu übernehmen. Den Weg nach Hause würde er ja wohl im Schlaf finden können. Er bemerkte auf der Autobahnstrecke, dass der alte Saugdiesel in noch hervorragendem Zustand war. Ohne Murren schaffte er eine Reisegeschwindigkeit bis zu einhundert und zwanzig Stundenkilometern. Der ‚534‘ war ja auch eines der kleinsten und leichtesten Mobile, die Hymer auf diesem Windlauf von Fiat je aufgebaut hatte.

Unterwegs verabredete Markus mit Lena, dass sie in Münster zu seiner Wohnung fahren, dort in der Nachbarschaft im griechischen Lokal zu Mittag essen und dann Einiges aus der Wohnung mitnehmen wollten, weil er ja doch auf dem Rad fast nichts hatte dabei haben können. So wurde das dann auch gemacht, und Lena bewunderte die hübsche kleine Wohnung mit der gemütlichen Einrichtung. Die würde Markus aber jetzt kündigen, was er auch gleich auf dem PC erledigte. Noch war Juni, so würde er nur noch für maximal drei Monate Miete zahlen müssen, wenn sich kein Nachmieter fand. Einen Anschlussvertrag in der Klinik hatte er zum Glück noch nicht unterschrieben. Zur Weiterfahrt saß dann erstmals Markus am Steuer. Schnell hatte er sich an die etwas hakelige

Lenkradschaltung gewöhnt und genoss die hilfreiche Übersichtlichkeit des traditionsreichen Fahrzeugs.

Um seiner Lena noch ein wenig seine Heimat zu zeigen, nahm er nicht den schnellsten Weg mit viel Autobahn, sondern den schönsten, gemütlich das Lennetal aufwärts. Da vor Hagen ein Stau gemeldet war, verließ er die Autobahn sogar schon an der Ausfahrt Schwerte und fuhr den Rest über Land. Gut, dass Lenas Großvater ein richtig modernes Radio hatte einbauen lassen, das den Verkehrsfunk einblendete. Und gut, dass er sich auskannte. So war es dann schon fortgeschrittener Nachmittag, als sie in den weitläufigen alten Gutshof einbogen, in dem Markus aufgewachsen war. Direkt an der Straße neben der Einfahrt prangte ein Schild: „Dr. Rainer Knapp, Facharzt für Frauenheilkunde und Geburtshilfe". Lena war von den Gebäuden außerordentlich beeindruckt.

Da es Mittwoch war, stand kein einziges Patientenauto im großen Innenhof, der als Parkplatz eingerichtet war. In einer alten Wagenremise ohne Tore, die dadurch zum Carport geworden war, standen drei PKWs, ein großer schwarzer, ein mittelgroßer roter und ein etwas kleinerer goldener, alle von Ford. Markus lachte: „Mutters Sinn für Symbolik! Sie hat wieder eine deutsche Fahne zusammengeparkt. Der Focus Kombi in der Mitte ist meiner. Der goldene Fiesta ist ihr Flitzer. Hinter dem Scheunentor versteckt sich das Hymercar meiner Eltern, da können wir dein, also unser schickes altes Hymermobil noch locker dazustellen, wenn wir hier eingezogen sind.

Unten im Haupthaus ist die große Praxis, oben drüber wohnen meine Eltern. Und in das neu ausgebaute einstöckige Gebäude, das früher Ställe beherbergte, sollte ich mit Steffi einziehen, da werden wir beide dann wohl wohnen. Mal sehen, was für Pläne der alte Herr macht, wenn er vernimmt, dass ich sein Nachfolger werden will, und dass du im Geburtshaus arbeiten wirst. Das siehst du dort übrigens als Ausbau des größten Teils der riesigen Scheune. Der Eingang ist direkt neben dem großen Tor."

Als er seinen Vortrag beendet hatte, öffnete sich die Eingangstür des Haupthauses, und heraus kamen sein grauhaariger Vater und seine noch immer blonde und durchaus attraktive Mutter, Hand in Hand. Lena hatte die Einstiegsstufe ausgefahren. Markus stieg zuerst aus und reichte ihr galant die Hand, an der sie dann ein bisschen nervös ebenfalls ausstieg. „Markus!" Mit diesem Jubelruf rannte seine Mutter los und blieb dann verblüfft stehen, als sie Lena erblickte. Der alte Arzt kam nun auch herbei und Markus verkündete: „Darf ich vorstellen, das ist Lena Haubrich, unsere dritte Hebamme und meine zukünftige Frau." Sein Vater machte erstaunte Augen, seine Mutter aber begriff sofort. „Herzlich willkommen, ihr beide. Dann kommt mal mit in unsere Wohnung." Zu seiner großen Erheiterung waren die ersten Worte seines Vaters: „Ein alter ‚534er', das ist ja kaum zu glauben!"

Oben in der Wohnung mussten Markus und Lena nun erst einmal berichten, wie diese plötzlichen Änderungen in der Familie Knapp zustande gekommen waren. Markus beschränkte sich auf eine Kurzfassung und vertröstete seine Eltern auf den Abend. Da wollten sie dann gerne Rede und Antwort stehen. „Jetzt erst einmal: Mutter, ist das Gästezimmer verfügbar?" „Aber natürlich, da könnt ihr gerne übernachten. Wie lange könnt ihr denn bleiben?" „Eigentlich unser Leben lang. Aber zuerst wollen wir übers Wochenende zu Lenas Familie in den Westerwald fahren. Anschließend kümmern wir uns um meinen Abgang in der Klinik in Münster, den Umzug meiner Möbel nach hier und einige organisatorische Dinge mit Lenas bisherigem Arbeitgeber."

Vater Knapp schaute das frische Paar einen Augenblick versonnen an. Dann sagte er: „Langsam mit deinen Möbeln. Mutter und ich haben uns entschlossen, falls du übernehmen willst, in den alten Stall umzuziehen. Die Wohnung ist kleiner und überschaubar, seniorengerecht ebenerdig und mit entsprechenden sanitären Einrichtungen. Wer weiß, wie lange ich noch so fit bin. Johannes kann sicher bei unserem Umzug helfen, der ist von Olpe aus in wenigen Minuten hier. Seine Frau kann für uns alle kochen und dabei ihre Kinder betreuen. Ihr werdet sicher auch kräftig anpacken, ihr seid ja beide jetzt frei. Gefällt euch der Plan?" Lena, die schon die ganze Zeit das wunderschöne alte Gutshaus bewundert hatte, konnte sich nicht verkneifen, prompt zu antworten. „In dieses traumhafte Haus ziehe ich mit Begeisterung. Wenn ich denke, wie einfach ich schon gewohnt habe." Marlies Knapp sah sich ihre zukünftige Schwiegertochter versonnen an. Dann meinte sie: „Kind, du bist mir spontan ans Herz gewachsen. Was bin ich glücklich, dass ihr euch gefunden habt." Rainer Knapp grinste: „Dem Hymer sei Dank! Ach so, Markus, vor unserem Hymercar ist eine Menge Platz. Fahr doch gleich euer Schätzchen da hinein. Dann lernt es schon seine neue Heimat kennen." Alle vier lachten vergnügt und das junge Paar ging zum Mobil, die Dinge auszuladen, die sie in den nächsten Tagen benötigten. Markus kutschierte dann den Wagen auf die riesige Tenne der Scheune. So war am nächsten Morgen der ganze Parkraum wieder für die Praxis verfügbar.

Nach einem gemütlichen Abendessen, bei dem Rainer Knapp über die ersten Wochen des Geburtshauses berichtete, setzten sich dann alle vier gemütlich ins Wohnzimmer. Zuerst erzählte Markus von seinem ergötzlichen Erkennen des alten „534", seinem fliegenden Zelt und der Einladung Lenas zur WG auf Rädern. „Hast du da schon ein Auge auf unseren Jüngsten geworfen?" fragte Mutter Marlies. „Ach nein, ich hatte nur das alleine Sein mit meinen Problemen satt. Und dass dieser Mensch noch nicht einmal durch den Anblick meines völlig unbekleideten Körpers irgendwie beeindruckt war, hat mich am Abend danach fast geärgert. Noch mehr geärgert habe ich mich aber über mich selbst, mir hat der kurzzeitig ebenfalls nackte Mitbewohner nämlich erhebliche Unruhe geschaffen. Das habe ich dann aus Selbstschutz ignoriert. Erstens wollte ich nicht noch mehr Probleme haben, und was sollte ich zweitens von einem Mann halten, der mich nicht attraktiv zu finden schien?"

„Bei mir hat das tiefere Interesse für Lena begonnen, als wir uns abends darauf am Strand geduscht haben. Ich hatte mich nun schon an ihrer Geschichte richtig festgebissen, da zog sie ihren Bikini aus - wir waren ja ganz allein - und duschte voller Genuss. Zuvor beim jeweiligen Kleidungswechsel war mein Blick noch professionell der des Gynäkologen. Nun aber wachte der Mann auf, und wie! Von da an wurde alles etwas komplizierter, führte aber geradeswegs zum guten Ende." „Richtig. Alle Hindernisse zwischen uns hat aber unsere gegenseitige Aufmerksamkeit auf die traurigen Anlässe für unsere einsamen Reisen beseitigt. Markus war über den Mord an meinem ersten Mann zutiefst geschockt. Und ich war entsetzt über und stocksauer auf die verlogene Steffi. Zudem hatten uns unsere gemeinsamen Unternehmungen deutlich gemacht, wie ähnlich wir ticken."

Die Eltern Knapp wollten dann auch gerne über das Attentat auf Jerome informiert werden. Lena gelang es, die ganze Geschichte knapp und mit genügend Distanz zu berichten. Markus nahm sie dabei in den Arm. Leichter fiel es ihr dann, noch diverse Fragen über ihre Herkunft und Familie zu beantworten. Zuletzt lernten Knapps auch noch, dass der alte Hymer von Anfang an Eigentum von Lenas Großeltern gewesen war. Als sie sich schließlich im Gästezimmer zum Schlafen richteten, schaute Lena ihrem Markus tief in die Augen und meinte: „Nach deinem ungewöhnlichen Heiratsantrag heute bei unserer Ankunft bekommst du jetzt auch noch mein Jawort. Und nun komm, küss mich."

Im Westerwald

Die beiden nächsten Tage dienten dazu, dass Lena alle Gebäude sowie die Praxisräume kennen lernte, und dass sogar bereits einige Möbelstücke den Weg in die „Seniorenwohnung" fanden, wie sie nun von Mutter Marlies getauft worden war. Am Freitagnachmittag brachen sie dann zur Familie Haubrich auf. Um die Überraschung noch größer zu gestalten, fuhren sie mit dem roten Ford Focus. Was sie zum Übernachten im Westerwald benötigten, passte schließlich locker in eine Reisetasche. Zuerst lotste Lena ihren Markus zum Firmensitz, denn der Malerbetrieb saß seit Jahrzehnten in einer von Lenas Großvater neu erbauten Halle am Dorfrand. Auf dem Giebel prangte weithin sichtbar ein sehr originell wie eine Handschrift gestaltetes Firmenlogo „Klotz & Haubrich" in einer bunten Farbenpalette. „Klotz heißen meine Großeltern." „Deshalb wohl auch die Autonummer ‚WW - LK 534 H' auf dem Hymer." „Ja. Unsere Großeltern heißen Luise und Lothar. Und bald passt dann auch die Nummer für mich. Lena Knapp. Das ‚WW' bleibt, das geht ja jetzt."

Nun ging es ins Dorf hinein. An einem alten Gehöft prangte das gleiche Firmenlogo wie an der Halle, nur viel kleiner. Das alte Hoftor stand wohl immer offen. Im Hof, in den sie nun einbogen, fanden sich in der ebenfalls offenen kleinen Scheune ein Transporter mit dem Logo und davor ein totschickes Audi-Cabrio. „Das ist Vaters einziger Luxus. Mutters Mini steht in dem kleinen Carport hinter unserem Haus. Unter der Woche fährt Vater den Bulli. Aber freitags kommt das Cabrio nach vorne und wird übers Wochenende auch ausschließlich benutzt." Als sie gemeinsam durch die historische Haustür in den Flur kamen, stand in der Küchentür Lenas Mutter, stemmte ihre Fäuste in ihre Hüften und verkündete vergnügt: „Das Abendessen ist gleich fertig. Für zwei Mitesser langt´s." Lena nahm sie in die Arme gab ihr auf ihre leicht vom Kochen gerötete Wange ein Küsschen und begrüßte sie: „Hallo, Mama. Das ist Markus, mein zukünftiger Arbeitgeber und Ehemann." Karla Haubrich lachte „Das könnt ihr uns alles beim Abendessen erzählen", und verschwand wieder in der Küche.

Lena führte nun Markus durch ein schönes großes Wohnzimmer auf eine überdachte Terrasse, auf der ihr Vater - unverkennbar durch die Ähnlichkeit mit seiner Tochter - gerade den Tisch deckte. Für vier Personen, denn er hatte die Ankömmlinge durchs Fenster gesehen. Er nun umarmte seine Tochter herzlich und reichte dann Markus die Hand. „Ja, Papa, meine Reise hat mir nicht nur zur Klärung meiner Berufsfrage verholfen, sondern auch zu einem neuen Partner. Markus ist wie Jerome Frauenarzt, steigt jetzt in die Praxis seines Vaters ein, stellt mich in seinem Geburtshaus in meinem Beruf an und will mich in Kürze heiraten." „Joi, Kind, da hat sich aber Einiges bewegt. Ach so: Herzlich willkommen, lieber Markus, im Haus Haubrich - und auch in der ganzen Sippe."

Schon das unmittelbar folgende Abendessen auf der gemütlichen Terrasse wurde eine regelrechte Gesprächsmahlzeit. Zuerst berichtete Lena von ihrer Reise bis zum Deich, dann von der neuen Nachbarschaft und der WG mit dem verblüffend hymerkundigen Markus und schließlich davon, dass ihnen beiden ihre wechselseitigen Lebensbeichten den Weg zueinander gewiesen hätten. Markus ergänzte schmunzelnd: „Wie der Westernhagen immer singt, ‚und ich war wirklich nicht in der Lage, ihr aus dem Wege zu geh'n.'" Nach dem Essen kamen dann alle die Einzelfragen zum Ausbildungsgang, den Markus gegangen war, zu seinen Plänen und insgesamt zur Zukunft von Tochter und zukünftigem Schwiegersohn. Als Karla und Theo Haubrich schließlich zu Bett gegangen waren, bemerkte Theo schon im Halbschlaf: „Unsere Tochter bringt immer prima Kerle ins Haus. Der Markus ist mir genauso sympathisch, wie es unser Jerome war."

Am Samstag spazierten Lena und Markus, nach einem gemütlichen Frühstück zu viert, durch das Dorf in ein kleines Neubaugebiet. Die Häuser mochten zwischen zwanzig und vierzig Jahre alt sein. Gleich beim zweiten stand ein Transporter mit dem Firmenlogo in der Einfahrt. Zielsicher ging Lena zur Haustür und drückte den Klingelknopf. Die Tür wurde daraufhin von einem gut vierjährigen Knirps geöffnet. „Hallo Lena! Komm rein." Er stutzte. „Und wer bist du?" „Ich bin der Markus." „Dann komm du auch mit." Eifrig marschierte der kleine Mann in die große Küche, wo ein Paar in etwa ihrem Alter und ein kleines etwa zweijähriges Mädchen am Frühstückstisch saßen. „Die Lena isses," verkündete der kleine Kerl, „und hat einen Markus dabei." „Und das hier sind mein Bruder Sebastian, meine Schwägerin Kristin und die Kinder Paul und Jule." Lena hatte zuvor nicht verraten, wohin es gehen sollte. Nun gab es wieder viel zu erklären, aber Kristin und Sebastian wollten gar keine Einzelheiten wissen. Hauptsache, Lena ging es nun wieder gut. Nach einer guten Stunde mahnte Sebastian: „Nun müsst ihr aber weiter zu unseren Großeltern. Das ist kein Rausschmiss, sondern ein dringender Ratschlag." Lena nickte. „Klar, das hatte ich ja auch so vor." Also ging es weiter zum letzten, aber sichtlich auch ältesten Haus in der Straße, direkt am Wendehammer. Der Vorgarten war extrem gepflegt. Als sie den durch das Gartentürchen betraten, stand die Haustür sperrangelweit offen. Also führte Lena ihren Markus direkt in das gemütliche Wohnzimmer, nicht aber, ohne die Haustür geschlossen zu haben. Sie kannte ihre Großmutter gut genug.

Im Wohnzimmer begrüßte sie der alte Lothar Klotz: „Unsere Lena kommt nicht allein. Hat´s wieder gefunkt, Kleine?" Seine Frau Luise sagte gar nichts, sondern stand auf und umarmte ihre Enkeltochter. Dann streckte sie Markus die Grußhand entgegen, hielt seine fest und betrachtete ihn eingehend und kritisch. Dann kam: „Den halt fest, Kleine. Solche Männer sind Mangelware!" Im allgemeinen Gelächter war damit jede Scheu verloren, und allerlei Fragen und Antworten ließen die Zeit schnell verrinnen. Schließlich überbrachte Lena noch die Einladung ihrer Eltern zum Mittagessen. Ihre Mutter hatte richtig eingeschätzt, dass ihre Eltern über all den Neuigkeiten das Kochen völlig vergessen würden. Wie es auch gekommen war. Also wanderten sie dann zu viert ins Ursprungshaus der Firma und hatten mit Lenas Eltern eine muntere Mittagsmahlzeit. Markus fühlte sich richtig wohl in dieser behaglichen Familienatmosphäre.

Zur Kaffeetafel hatte Mutter Karla in Windeseile ihre ganzen Kinderfamilien zusammengetrommelt. Der Ausziehtisch war zur Überraschung des neuen Familienmitglieds Markus groß genug für die zwölf Erwachsenen und vier Kinder, zwei weitere lagen oder saßen noch in ihren Kinderwagen. Hier war man auf solche Großkampf-Familientreffen perfekt eingerichtet. Lenas jüngere Brüder, Marc und Ulrich sowie ihre Frauen Sonja und Melanie waren ebenso unkompliziert wie Sebastian, der von allen Basti genannt wurde, und seine Kristin. Die Kinder blieben nicht lange am Tisch, sondern spielten munter im großen Sandkasten im Garten ihrer Großeltern. Als sich Lenas Geschwisterfamilien nach einiger Zeit wieder verabschiedeten, klopfte Uli, der Jüngste, Markus auf die Schulter. „Gut, dass sie dich gefunden hat. Ihre Unzufriedenheit war kaum zu ertragen. Pass gut auf unser Schwesterlein auf, es ist es wert."

Der Sonntag gehörte dann bis zur Abreise der Beiden ganz Lenas Eltern. Mit ihrer Mutter durchstöberten sie das ganze Haus, und Lena notierte sich alles, was diese ihr an Möbeln und Ausstattung anbot. Was nachher wirklich ins Sauerland umziehen würde, musste sich dann zeigen. Jetzt kam erst der Umzug der Eltern Knapp ins Seniorenhaus. Dann kamen die Möbel aus Münster zusammen mit den Dingen, die Marlies und Rainer Knapp nicht mit in die erheblich kleinere Wohnung mitnehmen konnten, an die Reihe. Danach erst würde man beurteilen können, was noch sinnvoll aus dem Westerwald übernommen werden könnte.

Kaum zu glauben

Zurück im Sauerland fanden sie dann eine emsig zusammenpackende Hausfrau vor. Marlies Knapp wollte nun mit aller Macht in das Seniorenhaus umziehen. Das war ja bezugsfertig mit einer praktischen und auch sehr schönen Einbauküche ausgestattet. Angesichts der Tatsache, dass sie selbst erst Mitte Fünfzig war, hatte sie durchaus noch die nötige Spannkraft für diese Aktion. Ihren Mann hielt sie da lieber heraus, der wurde bei solchen Umtrieben gerne recht nervös. Sie hatte längst einen festen Plan im Kopf, welche Möbel wohin gestellt werden sollten, wo die von ihr und ihrem Rainer so hoch geschätzten Gemälde hängen würden und Vieles mehr. Diese beiden Bilder waren Familienerbstücke, die ihr Großvater als sehr begabter Hobbymaler nach dem ersten Weltkrieg geschaffen hatte, beide nach hoffnungsfrohen Motiven.

Wie vermutet kam ihr Ältester Johannes gerne mit Familie als Umzugshelfer von Olpe herüber, für Lukas, den Zweiten, wäre die Anreise doch ein Wenig zu viel verlangt gewesen, mindestens zweieinhalb Stunden. Lena und Markus waren voller Eifer beteiligt, die Wohnung über der Praxis soweit zu leeren, wie Mutter Marlies das geplant hatte. Wenn sie abends alleine waren, erdachten sie sich schon eine Einrichtung mit zusätzlich den hübschen Möbeln aus der Wohnung in Münster. Nach zwei Wochenenden war dann tatsächlich schon der Umzug ins Seniorenhaus geschafft. Lena arbeitete sich in der folgenden Woche mit ihrer zukünftigen Schwiegermutter zusammen durch alle Räume der großen Wohnung. Sie besorgten eine Grundreinigung, und Markus brachte die verbliebenen Möbel schon dorthin, wo sie ihren neuen Standort haben sollten. Ein Nachbar, mit dem er zur Grundschule gegangen war, half ihm bei den schwereren Stücken. Für das dritte Wochenende mieteten sie sich dann einen Transporter, mit dem Johannes nach Münster fahren wollte, den Transport zu erledigen. Da die Beiden schon am Mittwoch nach dort gekommen waren, hatten die Drei nur noch zu laden und fuhren dann hintereinander über die Autobahn zurück. Bis zum Abend war zumindest schon das große Bett aufgebaut, das doch mehr Bequemlichkeit bot als das Gästebett. Und ab Dienstag sollte und wollte dann Lena im Geburtshaus arbeiten, das war der erste August. Es gab aktuell einen ziemlichen Andrang Hochschwangerer. Zum gleichen Tag war für Markus der Anfang der Mitarbeit in der Praxis seines Vaters geplant.

Als Lena und Markus am Sonntag früh noch nicht aufgestanden aber beide bereits wach waren, äußerte Lena eine Bitte: „Markus, könntest du mich irgendwann heute mal in der leeren und ruhigen Praxis sorgfältig untersuchen? Irgendetwas stimmt bei mir nicht. Einerseits bin ich mit meiner Periode schon länger überfällig. Das wäre nicht besonders spektakulär, ich kenne das. Das kommt schon mal vor, wenn´s stressig ist, und die letzten Wochen waren ja ganz schön heftig. Da sind aber andererseits noch einige andere auffällige Erscheinungen, die mich stutzig machen, und die ich noch nie hatte. Wenn ich nicht wüsste, dass es schier unmöglich ist, würde ich vermuten, ich sei schwanger." Markus schaute sie verdutzt an. „Das wäre ja eine Sensation. Natürlich untersuche ich dich, gleich nach dem Frühstück."

Da die eigene Küche noch nicht ganz eingerichtet war, hatte Mutter Marlies die Beiden noch einmal zum Frühstück eingeladen. Als das erledigt war, erklärte Markus seinen Eltern, sie wollten gleich weiter ihre Wohnung fertig einrichten, er müsse nur zuvor kurz mit Lena in die Praxis, sie benötige seinen frauenärztlichen Rat. Rainer Knapp schmunzelte. „Klar, schau mal, ob dein Mädchen schwanger ist. Ich bin davon überzeugt. Seit einigen Tagen hat sich ihr Gesicht entsprechend verändert." Der alte erfahrene Arzt hatte längst diesen schönen Verdacht gehegt und ihn auch schon seiner Marlies mitgeteilt.

Die Untersuchung dauerte nur wenige Minuten, dann war sich Markus ganz sicher, seine Lena war, so unwirklich das erschien, tatsächlich am Ende der fünften Schwangerschaftswoche. „Wenn ich richtig rechne, hat die eine erste Nacht im Hymer direkt diesen Erfolg gebracht. Was ist das für ein wunderbares Geschenk. Lena, Lena, wir werden tatsächlich Eltern!" Bevor sie an die letzten Einrichtungsarbeiten in ihrer Wohnung herangingen, eilten sie mit dieser Botschaft noch einmal ins Seniorenhaus. „Siehste, Mutter, wie die strahlen? Hatte ich's also richtig erkannt." Da sich Lena in den nun schon vergangenen Wochen stark und gesund gefühlt hatte, war beiden Ärzten nicht bange vor dem Fortgang dieser glücklichen Umstände. Lena selbst war mehrere Stunden lang regelrecht in einem seelischen Ausnahmezustand. Längst hatte sie ihren Kinderwunsch aus ihrem Bewusstsein verdrängt, und nun diese wundersame Schwangerschaft! Sie verordnete sich ganz viel Vernunft und das Befolgen aller Regeln, die sie immer werdenden Müttern anempfohlen hatte. Ihre Freude aber war grenzenlos. Noch vor dem Mittagessen, das beide nun erstmalig in „ihrer" Küche zubereiteten, rief sie ihre Eltern im Westerwald an, um die große Neuigkeit mitzuteilen. Ihrer Mutter verschlug es fast die Sprache. Sie musste fest versprechen, am kommenden Wochenende noch einmal mit Markus in den Westerwald zu kommen, das Eine oder Andere schon mitzunehmen, was sie noch gebrauchen konnten, und sich ein bisschen von ihren Eltern feiern zu lassen.

Anfänge

Sowohl für Lena als auch für Markus gelang der Start am ersten August nicht ohne leichtes Lampenfieber. Lena lernte zuerst die beiden Kolleginnen richtig kennen, denen sie bisher nur sozusagen im Vorübergehen angekündigt und vorgestellt worden war. Jennifer May war wie sie selbst siebenundzwanzig Jahre alt. Sie hatte ihre Ausbildung noch gar nicht so lange hinter sich, war eine kurze Zeit noch in Meschede in der Klinik in einem Praktikum gewesen, hatte schon drei Wochen vor dem Eröffnungstag im Knappschen Geburtshaus angefangen zu arbeiten und war somit gemeinsam mit Mutter Marlies für die endgültige Einrichtung des Hauses verantwortlich. Erst vier Wochen später war schließlich die bereits fünfunddreißigjährige Greta Quast dazu gekommen. Für sie war das Geburtshaus ein Neuanfang nach mehreren Jahren Pause der eigenen drei Kinder wegen. Sie hatte immerhin den Vorteil, mit ihrer Familie im Dorf zu wohnen, während Jenny, wie alle sie nannten, mit ihrem Mann auf halbem Weg Richtung Meschede wohnte. Sie hatte eine kleine Tochter.

Schön war, dass sich die Drei von Anfang an richtig gut verstanden. Greta war besonders für die außergewöhnlichen Spezialwünsche bestimmter Schwangerer ausgebildet worden, verstand sich beispielsweise auf Unterwassergeburten und ähnliche Besonderheiten und hatte die Qualifikation für Schwangerschaftsgymnastikkurse. Jenny hatte sich besonders mit der begleitenden Beratung beschäftigt und konnte kompetent den jungen Frauen über die gesamte Dauer ihrer Schwangerschaft wie auch die Zeit nach der Geburt zur Seite stehen. Sehr schnell erwies sich die ruandische Ausbilderin-Erfahrung Lenas als der solide Grundstock für eine freundschaftliche, aber straffe Leitung des Hauses. Das hatte sie so gar nicht geplant, gefiel aber den Männern und sogar den Kolleginnen sogleich sehr gut. Alles in Familienhand. Und dass es tatsächlich Familie wurde, regelten Lena und Markus schnellstmöglich mit ihrer Heirat.

Markus hatte bereits im Vorfeld seines Praxiseinstieges mit seinen Eltern vereinbart, wie dieser praktisch vor sich gehen könne. Bisher war Vater Rainer stets zwischen den beiden Sprechzimmern gependelt. Das ging nun erst einmal nicht, denn er arbeitete vorerst im ‚Zimmer Eins' und Markus im ‚Zimmer zwei'. Zum Glück besaß die Praxis zwei Ultraschallgeräte. Vater Rainer übernahm grinsend das ältere, das erheblich größer und unhandlicher war, aber sehr gut arbeitete. Ihm fehlte die Sendefähigkeit der Bilder auf einen großen Wandbildschirm, wegen der das neue Gerät erst kürzlich gekauft worden war. Das ältere sollte, wenn Markus später allein die Praxis führte, ins Geburtshaus hinüber wandern, Jenny hatte ein Solches nutzen gelernt.

Mutter Marlies hatte sich einen Weg ausgedacht, allmählich die Patientinnen vom Vater zum Sohn zu lotsen. Die jüngeren nahmen den Vorschlag, sofort zu wechseln, ganz gerne an. So war recht bald mehr als die Hälfte der Damen bei Markus in der Behandlung und Vater Rainer betreute noch diejenigen, die schon seit vielen Jahren seine Patientinnen waren. Da Marlies an der Rezeption saß, hatte sie es in der Hand, diese Zuweisung zu steuern. Die ausgebildeten Arzthelferinnen gingen derweil den Ärzten kompetent zur Hand. An der Einfahrt war inzwischen ein mit dem alten identisch gestaltetes Schild montiert worden, auf dem nun als zweiter Arzt der „Dr. Markus Knapp" angezeigt wurde. Und auf der anderen Seite prangte ein Schild. „Geburtshaus Knapp, Hebammenzentrum".

Bereits am ersten und zweiten September fanden dann im Westerwald die standesamtliche und die kirchliche Trauung statt. Lena kamen Erinnerungen, waren es doch dieselbe Standesbeamtin und derselbe Pfarrer wie bei ihrer Hochzeit mit Jerome, die diese beiden Rituale vornahmen. Aber ihre kostbare Beziehung mit ihrem Markus und das Wissen um ihre Schwangerschaft schoben diese kurzen Erinnerungen schmerzfrei in den Hintergrund. Angesichts der beiden großen Familien hatten sie sich in den Festsaal der Dorfgaststätte eingemietet. Als sie in der Nacht in Lenas Elternhaus den Feierschweiß weggeduscht hatten, meinte Markus plötzlich: „So fliegen wir also wieder, wir neulich noch so flügellahmen Enten." Vergnügt und dankbar krochen sie ins Gästebett.

Die Firma

Die drei Hebammen hatten recht schnell eine erste Schwierigkeit. Es musste dringend eine Lösung für diverse Problemgeburten gefunden werden. Einen Kaiserschnitt durchführen konnten natürlich beide Ärzte, Vater wie Sohn. Aber rechtlich war dafür zu sorgen, dass in einem solchen Falle unter bestimmten Umständen eine fachärztliche Unterstützung für die Anästhesie greifbar war. Rainer Knapp trat sogleich mit der Leitung der Hochsauerlandkliniken in Verbindung, zu denen auch das ihm vertraute Krankenhaus in Meschede gehörte. Von dort wurde ihm sofort eine vertraglich geregelte Notfallversorgung zugesagt. Vor allem ein Arzt, der vor Kurzem in ein kleines Dörflein zwischen Arnsberg und Lennestadt gezogen sei, werde wegen des dann kurzen Anfahrtsweges mit dieser Aufgabe betraut. Man werde ihn noch heute zur Absprache in das Knappsche Gutshaus schicken. Das war mehr als erhofft.

Gegen fünfzehn Uhr rollte dann ein kleines Auto in den Hof, am Steuer eine sehr junge Frau, und - Überraschung - daneben auf dem Beifahrersitz der Anästhesist Doktor Thorsten Kurz. Markus und er fielen sich in die Arme. Dann stellte er zuerst einmal seine Fahrerin vor: „Das ist Sabine Koch, meine neue Freundin. Ich bin vor wenigen Tagen zu ihr gezogen, sie hat das Häuschen ihrer verstorbenen Großeltern geerbt, darin richten wir uns jetzt neu ein. Noch ist viel Baustelle, aber das wird eine Puppenstube. Und wenn meine Scheidung nächstes Jahr durch ist, wird sofort geheiratet. Sabine ist in unseren Kliniken die Assistentin des Geschäftsführers, zuständig fürs Controlling." Mit Freude begegneten sich die beiden jungen Paare, und schnell war der Vertrag unter Dach und Fach, Thorsten hatte schließlich die Fachfrau gleich mitgebracht.

Zum Quartalsende wurde wie stets ordentlich mit Krankenkassen und Kassenärztlicher Vereinigung abgerechnet, Privatpatienten - viele waren es nicht - bekamen ihre Rechnungen selbst. Das geschah stets größtenteils in der Verantwortung von Mutter Marlies, die, bevor sie Rainers Frau geworden war, kurz als Industriekauffrau gearbeitet hatte. Nun aber war sie sehr unsicher, wie das mit dem Geburtshaus zu regeln sei und bat den Steuerberater der Praxis zu Hilfe. Thomas Hufnagel war mit ihr zur Schule gegangen und zudem auch noch mit ihrer besten Freundin verheiratet. Als er die Aufzeichnungen der gesamten Einrichtungen des Gutshofes durchgesehen hatte, schlug er fast die Hände über dem Kopf zusammen.

„Besser wäre es gewesen, ihr hättet mich vor den Veränderungen mal gefragt, wie man so etwas macht. Gott sei Dank sind wir gerade noch zeitig genug, um eine Lösung zu finden, mit der ihr euch nicht in eine riesige Steuerpflicht manövriert. Erstens muss Markus sofort Praxisinhaber werden und seinen Vater als Angestellten bezahlen. Rainer ist schließlich bereits seit dem ersten Juli Arztrentenempfänger. Zweitens muss dann das

Geburtshaus eine eigene Firma werden, am besten eine GmbH, und eure Schwiegertochter Geschäfts-führerin. Die Praxis wird Hauptgesellschafter.

Drittens müssen Markus und seine Lena Güter-trennung vereinbaren, damit das so möglich wird. Viertens müsst ihr beide die Praxisräume, die Wohnung der jungen Leute und das Geburtshaus ordentlich an die Nutzer vermieten; der Hof gehört euch ja noch. Ihr müsst doch die Umbaukosten für die Scheune absetzen. Das können wir alles bis zum Jahresende regeln, dann wird die Umfirmie-rung steuerlich noch gerade eben wirksam. Ab 2018 läuft das dann alles glatt. Und mich braucht ihr dann wieder nur für die Steuererklärungen, dann aber für vier Stück statt bisher für eine."

„Wie bitte? Für wen denn alles?" „Liegt doch auf der Hand: Eine für euch beide gemeinsam, weil ihr keine Gütertrennung habt, eine für Markus, eine für das Dreimädelhaus in der Scheune, also die GmbH, und schließlich auch noch eine vierte für eure hübsche Schwiegertochter." „Die uns in ein paar Monaten das nächste Enkelchen bescheren wird " „Das gönne ich euch allen, der Gutshof hat also Zukunft." Nun kam alles das, was der Fachmann vorgeschlagen hatte, in aller Eile in Gang. Und zwischen die beiden Zeilen auf dem Geburtshausschild wurde noch in der Mitte ein „GmbH" untergebracht. Mit etwas kleinerem Schriftbild passte das perfekt. Lena musste sich ein wenig in die Denkweise der Kaufleute einführen lassen, um die Geschäftsführung ordentlich zu erledigen, begriff aber sehr schnell, was da zu tun war.

Als sie und Markus in der Weihnachtspause den Heiligen Abend nur zu zweit, den Ersten Feiertag mit der ganzen Knapp-Sippe - sogar Lukas war mit seiner Familie gekommen - und den Zweiten dann mit allen Haubrichs verbrachten, schob Lena schon voller Stolz einen prächtigen Bauch vor sich her. Ende März sollte der kleine Leo dann zu Welt gebracht werden. Markus meinte, selten hätte er per Ultraschall so eindeutig das Geschlecht bestimmen können, wie bei seinem Sohn. Für ihr Kind hatten sie schon kurz nach ihrer Heirat als Alternativen je nach Geschlecht die Namen Lea und Leo ausgesucht. Lena wusste aus eigener Erfahrung, wie schön das ist, wenn der eigene Name nur schwerlich verkürzt werden kann. Markus liebte kurze Namen sowieso, und Leo Knapp hatte einen richtig satten Klang, fand er.

Die Familie

An manchen Tagen erfasste Lena für kurze Zeit eine dumpfe Angst, irgendetwas könne dieses geordnete und glückliche Leben, das Markus und ihr geschenkt war, stören oder gar zerstören. Doch rief sie sich dann schnell ins Bewusstsein, dass sie ja inzwischen genügend Erfahrung habe, auch Krisen zu bewältigen. Wenn sie diese seltsamen Gedanken Markus am Abend dann erzählte, küsste er sie tröstend und erinnerte sie daran, dass doch solche Schwangerschaftsdepressionen durchaus selbstverständlich seien. Dann musste sie lachen. „Nein, ganz so schlimm ist es nun doch nicht. Ich bin ein zufriedener und mit dir glücklicher Mensch. Halt, stimmt nicht genau", sie legte sich die Hände ihres Mannes auf ihren Bauch, „mit euch bin ich glücklich."

Die Geburt am 27. März wurde mit Gretas Hebammendiensten und natürlich im Beisein des werdenden Vaters ein zwar lange andauerndes, aber trotzdem wundersam entspanntes Ereignis. Leo brüllte sofort kräftig los und bewies damit, dass er ein gesundes Bürschlein war. Er hatte sogar schon kurze schwarze Haare auf seinem Köpfchen. Markus hoffte, dass der Kleine dann auch die dunklen Augen seiner Mutter bekommen würde, die er so liebte. Lenas wirklich hervorragende Gesundheit und die Sorgfalt ihres Umganges mit sich selbst während der Schwangerschaft bestätigten sich dann in ihrer Fähigkeit, den kleinen Hungerleider regelmäßig und üppig zu stillen.

Sie hatte als Fachfrau zwar nicht damit gerechnet, dass sie in den ersten Wochen nach der Geburt sowohl ihr vorheriges Gewicht als auch ihre Statur wieder würde erreichen können, aber auch nach einigen Monaten passte ihr keines ihrer Kleidungsstücke wieder. Zuerst war sie darüber ein bisschen traurig. Weil Markus aber auf ihren leichten Zuwachs an Rundlichkeit eher begeistert als kritisch reagierte, erfüllte sie ihr Mutterkörper allmählich mit ehrlichem Stolz.

Sie fing, weil es ihr gut ging, ab Pfingsten wieder an zu arbeiten. Die allererste Schwangere, die ihr von ihrem Mann herüber geschickt wurde, hieß seit fünf Tagen Sabine Kurz. Am Freitag nach Himmelfahrt war Thorsten die rechtskräftige Scheidung von Steffi mitgeteilt worden, eine Woche später - zwei Tage vor Pfingsten - saßen Sabine und er gleich im Standesamt. Sie hatten schon Sorge gehabt, diesen vorbestellten Termin verschieben zu müssen. Beide waren gewaltig dahinter her gewesen, dass nicht Frau Koch, sondern Frau Kurz das kommende Baby austragen solle. Und zwischen den beiden jungen Ärzten und ihren Frauen hatte sich inzwischen eine herzliche Freundschaft entwickelt.

Markus war nun endgültig in der Praxis alleine tätig. Sein Vater hatte sich langsam mehr und mehr zurückgezogen. Er meinte, allmählich sei er doch ein älterer Herr, dem es zustehe, erheblich langsamer zu treten. Im Juli dann nahmen er und seine Marlies sich eine längere Auszeit und fuhren mit ihrem schicken Hymercar nun ihrerseits an die

Nordsee. Sie hatten sich die Lage des kleinen Platzes, auf dem ihr jüngster Sohn sein Glück gefunden hatte, genau beschreiben lassen und blieben dort einige Nächte. Die Nähe des Badestrandes bereitete auch ihnen beiden einige schöne Erlebnisse, spaßeshalber ebenfalls einmal Nacktduschen am späten Abend direkt am Strand.

Markus hatte sich von dem Nachbarn und ehemaligen Schulkameraden, der ihm beim Umräumen geholfen hatte, etwas für eine Änderung des alten Hymer herrichten lassen; der Nachbar war Sattler. Sie hatten durch die Seitenwände je zwei Löcher gebohrt und mit starken Unterlegscheiben, die sie außen gegen die Wand mit Silikonmasse abgedichtet hatten, starke Schlossschrauben ins Innere unter die Rückenlehnen der Sitzgruppe geführt. Dieser Marcel hatte Sicherheitsgurte zur Montage mit diesen Schrauben so passend gemacht und neu vernäht, dass Leos Autobabyschale sicher hinter dem Küchenblock montiert werden konnte und Lena oder Markus, falls der kleine Mann mit den tatsächlich braunen Augen seiner Mutter unterwegs unzufrieden werden würde, sich auch selbst während der Fahrt gesichert hinter die Wand des Kleiderschranks anschnallen konnten. Ein Berater des TÜV hatte diese Lösung als für einen Oldtimer erlaubt beschrieben und abgenommen. Als dann Marlies und Rainer Knapp wieder zurück waren, vertrat Rainer seinen Sohn und die kleine Familie brach mit ihrem geliebten Hymermobil auf, diesmal für drei Wochen Richtung Süden.

Als der Sommer in dieser Weise gut, aber extrem heiß, vorüber gegangen war, bekam Lena Anfang Oktober einige Tage einen unerträglichen Brechreiz. Rainer hatte seiner Frau schon im September gesagt, er sei der Meinung, Lena sei wieder schwanger, das aber müssten die beiden Fachleute ja wohl selber herausbekommen. Marlies hatte heftig den Kopf geschüttelt. „Hast du Halluzinationen? Zwei Wunder nacheinander wird es ja wohl kaum geben." Lena selbst hatte allerdings den gleichen Gedanken, und wieder bestätigte ihr Markus, dass sie richtig vermutet habe. Sie war am Ende der siebten Woche. Rainer nickte befriedigt, als die Beiden mit ihrer Neuigkeit herauskamen. Und Karla Haubrich meinte am Telefon trocken: „Das alte Hymermobil macht möglich, was eigentlich unmöglich ist." Das traf es genau, Markus hatte das gesichert so errechnet.

Und pünktlich an Lenas neunundzwanzigstem Geburtstag, am 22. Mai 2019, kam dann die kleine Anna Knapp quietschfidel und kerngesund in großer Eile zur Welt. Ihre Haare waren blond wie die ihres Vaters. Wäre es wieder ein Junge geworden, Lena und Markus hätten ihn tatsächlich Erwin genannt, natürlich dankbar zu Ehren des 2013 verstorbenen Firmengründers Erwin Hymer.

Bitte umblättern >

Vom selben Autor sind bisher folgende Bücher erschienen:

- Am Außendeich, Geest-Verlag 2020,
  ISBN 978-3-86685-812-1

- Erben verpflichtet, Geest-Verlag 2021,
  ISBN 978-3-86685-835-0

- Gelernt zu leiden ohne zu zerbrechen?, Verlag BoD 2021,
  ISBN 978-3-7534-4379-9

- Dorfkristallnacht, 2. Auflage, Verlag BoD 2021,
  ISBN 978-3-7557-3720-9

- Pommerland ist abgebrannt, Verlag BoD 2022,
  ISBN 978-3-7557-0732-5

- Milch und Honig, Verlag BoD 2022,
  ISBN 978-3-7543-8497-8

- Unbillig, Verlag BoD 2022,
  ISBN 978-3-7562-3744-9

- Schwei, Verlag BoD 2022,
  Zusammenfassung einer alten Dorfchronik
  ISBN: 978-3-7568-4437-1

- Die Uhr tickt + Hoffnung schafft's, Verlag BoD 2022
  Zwei Erzählungen vom Leben behinderter Pflegekinder
  ISBN: 978-3-7568-5637-4

- Alles kommt wieder, Verlag BoD 2023,
  ISBN: 978-3-7578-0124-3

- Lonis Männer, Verlag BoD 2023,
  ISBN: 978-3-7526-4275-9

- Wo der Anker hält..., Verlag BoD 2023,
  ISBN: 978-3-7578-2674-1

roos-gerhard-autor.de